Du même auteur

La trajectoire du hasard *aux éditions Sydney Laurent 2021*
Le chemin des pièges *aux éditions Spinelle 2023*
Caresses d'espoir *aux éditions Le Lys bleu 2024*

Loi n°49-956 du 16 juillet 1949 sur les publications destinées à la jeunesse.
Édition : BoD · Books on Demand, 31 avenue Saint-Rémy, 57600 Forbach,
bod@bod.fr
Impression : Libri Plureos GmbH, Friedensallee 273, 22763 Hamburg
(Allemagne)
Dépôt légal de publication : avril 2025
ISBN : 978-2-3225-6102-5

Les gardiens du cristal

Les gardiens du cristal

Roman jeunesse

Marc Boncott

Avant-propos

Un monde où la paix, la conservation de la Terre résonnent comme des échos lointains, au milieu de rêves légers et de légendes oubliées.

Un monde où le fantastique se mêle harmonieusement avec les préoccupations contemporaines.

Chaque être vivant, chaque plante, chaque ruisseau murmure des secrets anciens, en attente d'être redécouverts par ceux qui ont le courage de s'aventurer au-delà des limites du familier.

À ma fille *Aurora*

Rêves et légendes

Judith et Chloé

***

Théo

***

Les trois héros

***

Judith possède un don inné pour l'art. Son esprit théâtral et artistique est à la fois curieux et inventif, associé à son insatiable soif de réussite. Elle a toutes les qualités de leader pour guider son équipe dans des projets à travers des forêts enchantées, là où les arbres se dressent comme des gardiens de sagesse.

Chaque matin, elle se lève, s'assoit devant son piano pour composer avec le chant des oiseaux, prête à plonger dans un univers où l'imaginaire et la réalité se mêlent. Chaque soir, elle répète ses enchaînements de danse classique. Ses compagnons, artistes et rêveurs, l'accompagnent avec enthousiasme, armés de pinceaux, de carnets de croquis et de caméras. Ensemble, ils explorent des clairières baignées de lumière, dont les couleurs semblent danser au rythme du vent.

Avec son don naturel, elle sait comment inspirer et motiver. Elle encourage chacun à exprimer sa vision unique, créant un espace dans lequel la créativité peut s'épanouir.

Chloé est passionnée d'archéologie et elle met à profit ses connaissances en histoire pour percer les mystères des civilisations disparues, révélant ainsi des épisodes de bravoure. Chaque fragment de vase brisé ou inscription effacée devient pour elle une clé vers le passé, une énigme à déchiffrer.

En parcourant des ruines anciennes, elle imagine la vie qui s'y déroulait autrefois, les rituels, les luttes et les triomphes. Elle commence alors à rassembler ses récits pour les partager avec le monde moderne, espérant inspirer les générations futures à apprendre de ces leçons du passé. Chloé est convaincue que chaque histoire retrouvée a le pouvoir de faire revivre celles qui sont oubliées.

Les deux filles, au-delà de l'art et de l'histoire, tissent des liens entre le passé et le présent, transformant les légendes en versions vivantes qui inspirent ceux qui les écoutent ou qui les lisent.

Elles s'assoient souvent dans la hêtraie du château, sous un grand chêne centenaire dont la base du tronc est creusée en forme de fauteuil, un lieu qu'elles considèrent comme leur sanctuaire. C'est ainsi qu'elles laissent libre cours à leur imagination. Judith rassemble ses idées sur son carnet « feuilles de route » que son père lui a donné, tandis que Chloé esquisse des illustrations vibrantes, donnant vie à des personnages oubliés et à des événements marquants.

Ainsi, les histoires se multiplient, créant un écho entre les générations. Les deux filles, en unissant leurs talents, deviennent des passeuses de mémoire, faisant en sorte que le passé ne soit jamais vraiment perdu, mais toujours vivant dans l'imaginaire collectif.

Judith incarne à la fois sa propre personnalité et celle de Chloé, tant elle fusionne ses passions avec celles de son amie. Leurs échanges sont un véritable ballet créatif, où les idées s'entrelacent et se nourrissent mutuellement.

Théo, le garçon, apporte une touche d'humour et de légèreté, rappelant à tous que l'espoir peut fleurir la vie. Mais derrière cette façade enjouée se cache également une profonde sensibilité. Théo n'hésite pas à tendre la main lorsque le besoin se fait sentir.

Il devient rapidement le rayon de soleil du groupe, illuminant les journées les plus sombres par ses rires contagieux et ses anecdotes amusantes. Chaque fois qu'un nuage de tristesse plane sur ses amies, Théo sait trouver les mots justes, un geste amical ou une blague bien placée pour les rassurer. Son regard complice et son sourire bienveillant apportent un réconfort, transformant la mélancolie en joie.

Dans le charmant village de Cuverville, situé en Pays de Caux, vivent les trois amis. La demeure de Théo se trouve au cœur du village, un endroit que les locaux désignent sous le nom de « le carreau ». De son côté, Chloé habite au hameau de la Ferranderie, dans l'ancienne ferme des Crochemore. Pour se retrouver chez Judith, qui réside au hameau du château, ils empruntent la sente de la porte étroite qui les relie.

L'origine de leur passion pour l'écriture remonte à un auteur qui a vécu dans leur village. Georges Rondo, un membre de la famille de cet écrivain, était un vieil homme aux longues moustaches jaunies, à la personnalité quelque peu sauvage, mais résolument avant-gardiste. Il a laissé derrière lui des manuscrits inachevés ainsi que des récits fascinants de ses voyages qui ont profondément marqué les habitants de Cuverville. Judith, tout comme son père, nourrit une passion pour la littérature.

Un jour, elle est tombée par hasard sur un vieux cahier recouvert d'un cuir craquelé, soigneusement caché dans l'ancienne demeure de la petite dame Martin, désormais transformée en bibliothèque et musée de leur village. Celui-ci était rempli de notes de cet homme. Ancien maire, il était considéré comme un grand homme, mais petit par la taille, et connu des habitants sous le nom de Monsieur Georges. Judith a partagé sa trouvaille avec Chloé, qui adore imaginer des illustrations pour accompagner les récits.

Théo, passionné de contes fantastiques, suggère à ses amies de puiser des idées dans les notes de Georges Rondo pour enrichir leur projet. Les deux filles décident alors de s'atteler à la rédaction de descriptions de lieux emblématiques de Cuverville, ainsi que des portraits des personnes rencontrées au fil de leur chemin.

C'est ainsi qu'elles commencent par la visite de la vieille église et du cimetière où repose l'écrivain. Elles se dirigent ensuite vers le presbytère de l'abbé Louise. Le curé avait consacré l'ensemble de sa carrière ecclésiastique au service de ce village. C'est en ce lieu que se déroulaient les cours de catéchisme à l'époque du grand-père et du père de Judith.

La poursuite de leur chemin les conduit au cœur du bois, où ils rencontrent la modeste famille Boulard. Cette dernière transporte du gibier, probablement braconné la nuit précédente à l'aide de pièges. Leurs visages sont marqués par la saleté, et ils portent sur le dos des fagots de bois destinés à alimenter le fourneau, nécessaire pour réchauffer leur abri et préparer le repas.

Enfin, ils sortent de la forêt au Mont Rôti de Fongueusemare, pour terminer leur promenade en remontant par la côte du Bocage et revenir chez Judith. Ils résument sur un cahier leurs observations pour tisser une histoire qui allie réalité et fiction. Après cette première expérience, ils se sentent fin prêts pour l'écriture. Explorer le monde, s'imprégner de l'histoire et des monuments tout en protégeant la nature qui les entoure.

Leur première réunion se tient dans une cabane abandonnée, située au cœur de la hêtraie du château. Elle avait été construite quelques décennies auparavant par le grand-père de Judith. Ce lieu a été le théâtre de jeux des enfants de la famille dans le passé pendant les vacances d'été, un endroit où se sont transmises les histoires de cousinades. Judith prend des notes, tandis que Chloé esquisse des personnages inspirés par les habitants du village.

Au fil des semaines, leur initiative prend forme. Elles découvrent des secrets sur Georges Rondo, en interrogeant les anciens. Chaque rencontre leur révèle des histoires fascinantes et des anecdotes qui nourrissent leur propre ouvrage.

Judith et Chloé réalisent qu'écrire un livre n'est pas seulement un acte créatif, mais aussi une manière de préserver la mémoire de leur village et de rendre hommage à celui qui les a inspirées.

Émerveillé par le projet des filles, Théo exprima soudain son désir de les accompagner dans cette aventure, ce qui introduisit un élément inattendu dans la dynamique du groupe.

C'est ainsi qu'ensemble, ils se lancent dans une aventure littéraire qui les rapproche et leur permet de découvrir des facettes insoupçonnées de leur amitié. Au fur et à mesure de leurs explorations, ils vont découvrir des légendes anciennes gravées dans l'écorce des arbres, des histoires chuchotées par les ruines de demeures féodales fortifiées ou de grottes, ou encore par le murmure des rivières.

Qui sont-ils ? Tous les trois sont les porteurs de lumière dans un univers parfois obscur. Ils sont les bâtisseurs d'un avenir enchanteur où l'harmonie entre l'homme et la nature n'est pas qu'un rêve, mais une réalité vibrante à portée de main de magiciens.

La cabane enchantée

***

Judith et Chloé sont deux amies inséparables depuis leur plus tendre enfance. Elles partagent la même passion pour les aventures.

Un jour, alors qu'elles étaient assises dans leur cabane secrète au fond du jardin de Judith, elles prirent la décision qui allait changer leur vie : transformer leur objectif en réalité, écrire enfin ce livre dont elles parlaient depuis longtemps sur un incroyable voyage à la conquête du monde.

Elles avaient déjà imaginé de nombreuses histoires palpitantes. Passionnées d'archéologie et d'histoire, elles rêvaient de partir à la découverte des pyramides en Égypte, des temples mystérieux, de châteaux, des forêts enchantées, des paysages asiatiques et même des sites gelés de l'Antarctique. Elles savaient qu'un tel projet nécessiterait beaucoup de préparation et d'organisation.

Toutes les deux se lancèrent dans une entreprise extraordinaire, explorant des contrées lointaines et découvrant des cultures fascinantes. Ensemble, elles allaient vivre des événements trépidants, mêlant amitié et imagination. Ce livre ne serait pas seulement un simple récit, il serait une invitation à rêver, à s'émerveiller et à apprendre.

***

Théo est ravi de se joindre à ses deux amies dans leur intention de vivre dans un monde rempli de magie et d'intrigues. Avec son cheval nommé Cabri, il est sûr de pouvoir apporter une contribution précieuse. Il a une grande expérience dans l'exploration de milieux fantastiques et est capable de s'adapter à des situations imprévisibles. Il est convaincu que son expertise sera un atout majeur pour le programme des deux filles.

En plus de cela, il est également un excellent conteur. Il peut captiver l'audience avec ses récits palpitants et ses histoires envoûtantes. Ses talents de narrateur pourront inspirer les autres à se joindre à cette idée et à vivre pleinement dans des contrées magiques.

Les trois compagnons sont prêts à partir à l'aventure et à créer un monde où l'imagination **règne** en maître. Ils sont impatients de voir ce que leur projet va leur réserver et les merveilles qu'ils vont découvrir ensemble.

Ils passent des mercredis et samedis, ainsi que leurs vacances, à écrire, à dessiner et à peaufiner leur histoire.

La cabane pittoresque du jardin, un havre de paix où se mêlent les idées de Judith, Chloé et Théo, s'élève majestueusement parmi les fleurs sauvages. Cet endroit représente un véritable espace de partage, tout en étant à l'abri des regards curieux du voisin, connu sous le nom de « père Jouen ». Ce dernier, dissimulé de l'autre côté du talus, est fréquemment perçu comme le sorcier du village de Cuverville, incarnant ainsi les forces du mal.

À première vue, cette paillote semble être un simple refuge, mais en réalité, elle est le témoin silencieux de rires partagés et de secrets chuchotés. Chaque morceau de bois, chaque coin ombragé raconte une histoire, un chapitre de leur amitié tissée au fil du temps. Les rayons du soleil filtrent à travers les branches, dansant sur le sol, tandis que le vent murmure des promesses d'aventures à venir. Quel endroit enchanteur, où le quotidien se transforme en magie !

Dans leur univers créatif, Judith et Chloé conçoivent des êtres extraordinaires qui deviendront leurs gardiens et les accompagneront dans des péripéties captivantes. Le premier d'entre eux est King Bodo, un dragon protecteur, puissant et bienveillant. Puis vient Biscotte, un lutin farceur toujours prêt à semer la pagaille avec ses tours malicieux. Enfin, elles créent Kendal, un phénix majestueux, symbole de renaissance et de beauté.

En ce qui concerne Théo et Cabri, ils se trouvent dans un univers de possibilités sans limites.

Les trois amis s'engagent dans une réflexion sur les thèmes qu'ils souhaitent aborder, en lien avec les notes du vieil homme disparu. Ils regroupent leurs idées sous l'acronyme DCA, en hommage à la grand-mère de Judith, qui évoquait fréquemment, jusqu'à son dernier souffle, ses douloureux souvenirs d'adolescente. Elle se remémorait ses nuits métamorphosées en véritables cauchemars par les détonations des canons de défense antiaérienne, également désignés par cet acronyme, qui se trouvaient de l'autre côté du talus, à proximité de la maison et des bâtiments de la ferme de ses parents à Emalleville, durant la dernière guerre.

— **D**écouvrir des sites de l'histoire ancienne.
— **C**ontempler des paysages idylliques.
— **A**ffronter les forces puissantes de la nature.

C'est ainsi qu'ils parcourent les merveilles du monde, des montagnes majestueuses aux vallées luxuriantes, en quête de connaissances et de solutions pour préserver leur beauté naturelle.

Chaque découverte les rapproche un peu plus de leur objectif : éveiller les consciences et rallier les habitants de cette planète à une cause commune, celle de la préservation de l'histoire et de la sauvegarde de leur précieuse Terre.

King Bodo, le Dragon

***

Créature de Judith

King Bodo est un puissant dragon légendaire connu comme le dragon protecteur. Il est vénéré dans de nombreuses cultures pour sa sagesse, sa force et sa bienveillance envers ceux qu'il considère dignes de sa protection.

Selon les récits anciens, il possède des écailles d'un bleu éclatant et des yeux perçants qui peuvent voir à travers les ténèbres les plus profondes. Sa taille imposante et sa force surhumaine en font un adversaire redoutable pour quiconque ose menacer les terres qu'il protège.

Mais il n'est pas seulement un gardien féroce, il est également connu pour sa sagesse et sa connaissance étendue des mystères du monde. On dit qu'il est capable de prédire l'avenir et de prodiguer des conseils avisés à ceux qui cherchent son aide.

Les légendes racontent par ailleurs que King Bodo est le garant des montagnes, veillant sur les vallées et les rivières. Il est lié à la nature et il a le pouvoir de contrôler les éléments. Il peut réduire l'ampleur des tempêtes dévastatrices, éviter les tremblements de terre et calmer les mers déchaînées.

Il peut communiquer avec les éléments naturels. Ses rugissements dans le ciel résonnent comme des tonnerres et son souffle de feu est capable de réduire en cendres les forces du mal.

En raison de son caractère bienveillant, King Bodo est souvent considéré comme un symbole de protection et de courage, apparaissant dans les moments de grands dangers. Les rois et les guerriers cherchent généralement sa bénédiction avant de partir en guerre, espérant obtenir son soutien dans leurs combats.

Au fil des siècles, le dragon inspire les générations à croire en la magie et en la force du bien.

Kendal, le Phénix

***

Créature de Chloé

Kendal, le phénix majestueux, est une créature mythique présente dans de nombreuses histoires et cultures à travers le monde. Le phénix est souvent décrit comme un oiseau de feu resplendissant, doté d'une beauté éblouissante et d'une aura de puissance.

Il incarne la renaissance et la résurrection. Selon les récits, le phénix est capable de s'immoler dans les flammes pour ensuite renaître de ses propres cendres, symbolisant ainsi la transformation et la résistance. Il rappelle à tous que même après les épreuves les plus difficiles, il est possible de se relever et de briller à nouveau.

Cette capacité unique du phénix en fait un symbole de renouveau et de persévérance.

Sa légende est remplie d'aventures, de batailles contre des forces obscures, et de rencontres avec d'autres animaux mythiques. À chaque fois qu'il s'élève dans les airs, une traînée de feu et de lumière l'accompagne, illuminant le ciel nocturne et inspirant ceux qui le voient à croire en leur propre potentiel de transformation.

En plus de sa symbolique puissante, ce phénix est également connu pour sa sagesse et sa connexion profonde avec les forces de la nature. Il est souvent décrit comme le gardien des éléments et un guide spirituel pour ceux qui cherchent la vérité et la sagesse.

À travers son image majestueuse, Kendal, le phénix, continue d'inspirer et d'enchanter les esprits.

Cabri, le Cheval

***

Créature de Théo

Cabri, le cheval fougueux **est une créature** imaginaire qui est souvent représentée comme un animal noble, doté de courage et loyauté. Il est capable de voler dans les airs, de galoper sur l'eau, de parler avec les humains et même de se transformer en d'autres créatures. Il est le héros des histoires fantastiques et des contes pour enfants, où il aide les héros à surmonter les obstacles et à réaliser leurs rêves. Avec sa crinière flottante et ses sabots puissants, il parcourt les prairies. Son caractère indomptable et son esprit libre en **font** un partenaire idéal pour explorer l'univers.

Au fil des récits, Cabri se révèle être bien plus qu'un simple cheval doté de pouvoirs magiques. Il incarne les valeurs de témérité et de droiture grâce à son aide précieuse, ses compagnons parviennent à surmonter les obstacles et à réaliser leurs rêves les plus fous.

Ses sabots qui laissent des traces scintillantes dans leur sillage en font une créature fascinante. Lorsqu'il galope à travers les prairies verdoyantes, Cabri symbolise la liberté et l'esprit d'aventure. Son tempérament fier et indépendant en fait un partenaire idéal pour explorer des contrées lointaines et affronter les dangers.

La magie de Cabri insuffle une dimension enchantée aux histoires dans lesquelles il apparaît. Son existence même rappelle que notre civilisation recèle encore des merveilles à découvrir, si l'on sait garder un esprit ouvert et curieux. Avec Cabri à leurs côtés, les trois amis peuvent partir explorer des royaumes et vivre des épopées grandioses.

Cabri symbolise la force, la liberté et la curiosité. Il apportera sa contribution au projet de vivre une histoire extraordinaire.

Biscotte, le Lutin

***

Mascotte des trois amis

Biscotte, le lutin farceur est un personnage légendaire qui fascine petits et grands depuis des générations. Avec son air espiègle et son sourire malicieux, il sème la bonne humeur à chaque étape de son parcours. Pour toutes ces raisons, il est devenu un emblème de gaieté.

Il est espiègle et vit dans la forêt enchantée. Il est connu pour ses nombreuses farces et ses dons de prestidigitateur. Les habitants du village voisin racontent qu'il aime particulièrement duper les personnes trop sérieuses et les esprits chagrins. Sa spécialité est de faire rire les gens en leur jouant des tours inoffensifs, mais comiques.

Ce farfadet est aussi réputé pour sa bonté. Il n'hésite pas à venir en aide aux personnes dans le besoin en utilisant ses facultés magiques pour résoudre leurs problèmes. Il est capable de transformer un triste moment en un instant de bonheur. C'est pourquoi il est souvent sollicité lors des fêtes et des célébrations.

Il est aussi connu pour sa créativité débordante. Il invente sans cesse de nouvelles farces et de nouveaux tours pour égayer la vie des habitants. Il est considéré comme un véritable artiste de la blague. Ses blagues sont toujours bien pensées et bien exécutées, ce qui les rend encore plus drôles.

Biscotte est également respectueux de l'écologie. Il passe son temps à explorer les milieux naturels, à observer les animaux et à contempler la beauté des paysages. Il est convaincu que l'univers a un pouvoir de guérison et qu'il est important de le préserver. C'est pourquoi il s'engage activement dans la protection de l'environnement.

Il est donc bien plus qu'un simple lutin farceur. Il est un symbole de joie, de générosité et de respect de la planète. Sa présence apporte du bonheur et de la légèreté dans la vie de ceux qui ont la chance de le croiser. Il nous rappelle l'importance de ne jamais perdre notre âme d'enfant et de toujours chercher à égayer la vie des autres.

Biscotte a la particularité d'être la mascotte des trois amis.

Magie et aventures

***

Dans cet univers, tel qu'ils l'ont imaginé, Judith, Chloé et Théo, trois âmes innocentes, s'embarquent dans des aventures avec leurs compagnons fantastiques. Leur chemin est éclairé par King Bodo, le dragon protecteur, qui veille sur eux et leur apporte le réconfort.

Le lutin farceur est toujours enclin à rire et, avec son esprit taquin, il s'efforce de répandre la joie autour de lui. Kendal, le phénix majestueux, riche de sagesse, guide leur chemin, évitant toute détresse.

Cabri, le cheval fougueux, rapide comme l'éclair, détient le talent exceptionnel de savoir galoper fièrement sur l'eau. Ensemble, ils parcourent terres et mers, explorant chaque recoin, à la recherche de merveilles. Biscotte sait qu'il peut compter sur l'aide de Cabri pour franchir les obstacles les plus difficiles en grimpant sur son dos.

Ils découvrent des forêts enchantées, où les arbres chantent et **se balancent** avec gaieté, des rivières cristallines aux eaux scintillantes, où les poissons volent, créant une **danse** fascinante.

Ils traversent des montagnes immenses, où les sommets touchent les cieux, avec en récompense des grottes mystérieuses, aux trésors cachés, où les échos murmurent des secrets bien gardés.

Ils rêvent de rencontrer des créatures magiques, des fées étincelantes aux pouvoirs étranges, des licornes gracieuses au pelage d'argent, des déesses de la mer qui les guident vers des contrées merveilleuses.

Dans ce monde enchanté, ils vivent des combats contre les forces du mal. Leur amitié et leur courage les guident, telle une boussole leur permettant d'entreprendre de splendides voyages sans rencontrer de tracas majeurs.

Judith, Chloé et Théo, héros de légende, leurs noms résonnent dans tout le paysage, leur quête de liberté et de vérité inspire les cœurs pour l'éternité.

Chaque destination est unique et magique, les transportant dans une communauté de rêves et de découvertes.

Ils planifient minutieusement chaque étape de leur périple. Les trois enfants se documentent sur chaque lieu qu'ils veulent inclure dans leur livre, étudiant l'histoire, la culture et les coutumes de chaque pays. Ils veulent que leur ouvrage soit à la fois divertissant et éducatif, permettant à d'autres de développer leur curiosité.

Pour donner vie à leur histoire, ils décident tous les trois de créer des illustrations colorées et détaillées. Ils passent des heures à dessiner les panoramas exotiques, les monuments historiques et les personnages extraordinaires qui peuplent leur monde, qu'il soit réel ou imaginaire. Chaque dessin capture le reflet de chaque lieu, dont le but est de faire voyager les lecteurs à travers les pages du livre.

Leur cabane enchantée se transforme rapidement en un véritable atelier créatif. Des feuilles de papier, des crayons, des pinceaux et des pots de peinture sont éparpillés partout. Judith, Chloé et Théo travaillent main dans la main, s'inspirant mutuellement et apportant leurs propres talents à l'œuvre commune. Leurs discussions sont animées, leurs idées se mélangent et se complètent, créant une synergie créative qui rend leur résolution encore plus spéciale.

Au fur et à mesure que leur ouvrage prend forme, ils partagent leur enthousiasme avec leurs proches. Leurs parents, leurs frères et sœurs et même leurs voisins sont émerveillés par la passion des deux amies et de ce garçon. Ils sont fiers de voir leur progéniture poursuivre leurs rêves et transformer leur imagination en réalité.

Après des mois de dévouement et d'efforts soutenus, le livre est enfin achevé. Tous les trois sont émus en tenant entre leurs mains le résultat concret de leur travail acharné. Ils réalisent que leur voyage s'est matérialisé à travers les pages de cet ouvrage.

Ainsi, Judith et Chloé souhaitent devenir les auteures d'un livre destiné à inspirer des milliers d'enfants et d'adolescents, les encourageant à rêver, à explorer et à croire en la magie des aventures. Bien que Théo ait rejoint le projet en dernier, leur amitié et leur passion partagée les ont propulsés vers de nouveaux horizons. Tous les trois se sentent désormais prêts à partager leur récit avec le monde entier.

Ensemble, ils dessinent les contours de leur propre légende, aspirant à devenir les protecteurs d'un cristal aux vertus bienfaisantes.

Pages d'histoire

Le secret des pyramides

***

Judith, Chloé et Théo sont enthousiastes à l'idée de découvrir les mystères des pyramides en Égypte. Ils ont toujours été fascinés par l'histoire et la culture de ce pays légendaire, et maintenant, ils vont avoir enfin l'opportunité de l'explorer de près.

Leur aventure commence par une visite au célèbre complexe de Gizeh, où se trouvent les pyramides les plus emblématiques du monde : Khéops, Khephren et Mykérinos. En contemplant ces immenses structures en pierre, les trois compagnons sont émerveillés par la grandeur et la précision de leur construction. Ils s'interrogent sur les méthodes employées par les anciens Égyptiens qui avaient réussi à ériger de telles merveilles, il y a des millénaires, sans l'aide de la technologie moderne.

Guidés par un égyptologue passionné, Judith, Chloé et Théo se plongent dans l'histoire de ces monuments majestueux. Ils apprennent que les pyramides étaient construites comme des tombeaux pour les pharaons, qui étaient considérés comme des dieux vivants. Chacune d'elles était un chef-d'œuvre architectural et symbolisait la puissance et la divinité du pharaon à qui elle était dédiée.

Au fur et à mesure de leur avancée, ils découvrent que les pyramides étaient bien plus que de simples tombes. Elles étaient également conçues pour abriter des trésors destinés à accompagner le pharaon dans l'au-delà. Les passages étroits et les chambres secrètes à l'intérieur étaient remplis d'objets inestimables, tels que des bijoux en or, des statues en bronze et des fresques murales magnifiquement préservées.

Mais ce n'était pas tout, les pyramides recelaient par ailleurs de nombreux mystères non résolus. Les hiéroglyphes gravés sur les murs des chambres funéraires racontaient des histoires intrigantes et des mythes anciens. Judith, Chloé et Théo sont captivés par ces inscriptions mystérieuses, essayant de les déchiffrer pour percer les secrets enfouis depuis des millénaires.

Leur exploration se poursuit pendant plusieurs jours, à mesure qu'ils visitent d'autres sites archéologiques célèbres tels que la Vallée des Rois et le temple de Karnak. Chaque visite renforce leur fascination pour l'Égypte antique et leur désir de préserver ce patrimoine culturel unique, malgré les menaces que représentent certains fanatiques désireux de le détruire.

Judith et Chloé sont reconnaissantes d'avoir eu l'occasion de vivre cette incroyable épopée vers les pyramides en Égypte. Leur voyage a éveillé en elles une passion pour l'archéologie et l'histoire et elles savent qu'elles emporteront ces souvenirs précieux avec elles pour le reste de leur vie.

Accompagnée de Théo et de King Bodo, le dragon protecteur, Biscotte, le lutin farceur, Kendal, le phénix imposant et Cabri, le cheval fougueux, l'équipe est animée par une curiosité sans limites. Ils avaient tous rêvé de visiter les mystérieux monuments d'Égypte, et aujourd'hui, leur rêve s'est enfin réalisé.

Leur guide égyptien, passionné par l'histoire de son pays, les conduit d'abord au pied de la majestueuse pyramide de Khéops, l'une des sept merveilles de l'Antiquité.

Les filles, le garçon et leurs compagnons sont émerveillés par la grandeur et la beauté de cet édifice millénaire. Judith demande au guide des détails sur la construction de la pyramide et sur les mystères qui l'entourent. Souriant, il leur raconte alors les légendes et les théories **concernant** cet incroyable palais. Hormis le fait que les **Égyptiens étaient des constructeurs, les théories les plus farfelues racontent que ces édifices** ont été érigés par des aliens, mais les plus plausibles racontent que les blocs de pierre étaient montés à l'aide de cordes sur des rampes qui étaient ensuite démontées.

Pendant leur exploration, les quatre fantastiques ne peuvent se retenir de jouer et de s'amuser dans les vastes couloirs et les chambres secrètes. Leurs rires et leurs facéties résonnent dans les corridors, ajoutant une touche de magie à cette visite déjà extraordinaire.

Après avoir exploré Khéops, le groupe se dirige vers d'autres sites incroyables, tels que Khephren et Mykérinos. Chaque pyramide a son propre charme et son histoire fascinante.

Au fur et à mesure de leur périple, ils se rendent compte que la présence de leurs créatures rend leur voyage encore plus spécial. King Bodo, avec sa sagesse et sa force, les protège et les guide dans ce monde ancien rempli de mystères. Biscotte, avec ses sortilèges et ses farces, les fait rire et leur apporte de la légèreté. Quant à Kendal, son majestueux vol et sa flamme éternelle inspirent les enfants à poursuivre leurs rêves les plus fous.

Au fil des jours, Judith, Chloé et Théo se lient d'amitié avec le guide égyptien, qui partage leur passion pour l'histoire. Il les emmène dans des endroits hors des circuits touristiques, où seuls les locaux connaissaient les secrets cachés.

L'excursion touche à sa fin, mais les souvenirs qu'ils ont accumulés resteront gravés dans leurs cœurs. Les pyramides d'Égypte ont été le théâtre d'une aventure extraordinaire, où la magie et la découverte se sont entremêlées, écrivant des histoires et créant des souvenirs inoubliables.

À la découverte des temples

***

Dans un royaume lointain, où l'imaginaire se mêle à la réalité, les trois intrépides héros se lancent dans une aventure épique avec, à leurs côtés, l'impressionnant King Bodo, le dragon aux écailles scintillantes, Kendal, le Phénix flamboyant aux plumes de feu et Cabri, le cheval fougueux. Quant à leur mascotte espiègle, Biscotte, elle ne cesse de semer des rires sur leur chemin. Ensemble, ils s'envolent vers les sanctuaires enchanteurs d'Asie, allant d'Inde en Corée du Sud, avec une halte enchanteresse en Thaïlande.

Leur parcours débute dans le vibrant cœur de l'Inde, où les couleurs des festivals dansent autour d'eux comme des feux follets. Ils sont attirés par le sublime Taj Mahal, non seulement pour admirer sa beauté architecturale, mais aussi pour écouter les murmures des légendes qui flottent dans l'air. Judith, émue par les récits d'amour éternel, propose d'y planter un arbre magique, symbole de leur indéfectible amitié.

Leurs pas les mènent ensuite dans un paysage féerique, où les temples anciens se dressent comme des sentinelles au milieu d'une nature luxuriante.

Le premier qu'ils visitent est le célèbre Akshardham, une merveille architecturale qui les éblouit. Les sculptures délicates et les fresques éclatantes racontent l'histoire fascinante d'une culture vibrante. Les trois amis se retrouvent projetés dans un autre temps, comme s'ils avaient franchi un seuil entre les mondes.

L'escale suivante les conduit au temple de Khajuraho, célèbre pour ses sculptures audacieuses. Éblouis par la sensualité et la passion qui émanent de ces œuvres d'art, ils flânent des heures durant, captivés par la beauté et la profondeur de chaque sculpture, chaque détail leur chuchotant des secrets anciens.

Après avoir été **fascinés** par la richesse artistique des deux premiers lieux, ils s'avancent vers Varanasi, la ville sainte des hindous. Là, ils participent à l'envoûtante cérémonie du Gange, où des milliers de pèlerins se rassemblent pour se plonger dans les eaux sacrées du fleuve. Les chants sacrés et les offrandes de fleurs créent une atmosphère mystique et apaisante.

Leur ultime étape les mène au majestueux site de Meenakshi à Madurai, où les tours colorées et les sculptures détaillées les laissent sans voix. Les trois héros s'égarent dans les labyrinthes de ce lieu sacré, admirant les sanctuaires ornés de divinités. Ils assistent à une cérémonie religieuse, où les prières chantées s'élèvent comme des incantations, et les fidèles offrent des fleurs aux dieux.

Après avoir exploré ces monuments enchanteurs, Judith, Chloé et Théo se sentent profondément touchés par la richesse de la culture et de la spiritualité indiennes.
Le charme les enveloppe et leur voyage est gravé à jamais dans leur mémoire, comme un chapitre magique de leur existence.

Le premier temple est dédié à la redoutable déesse Kali, protectrice et destructrice. Les murs sont ornés de sculptures vibrantes, chacune racontant les multiples facettes de cette déesse puissante. Les trois compagnons, émerveillés par la majesté de ces œuvres, se sentent transportés dans un monde féerique.

King Bodo, déployant ses vastes ailes, survole le temple tel un gardien vigilant. Biscotte, quant à lui, explore joyeusement chaque recoin, semant des éclats de rire et de surprise. Kendal se pose avec grâce sur le toit, illuminant l'endroit de ses plumes incandescentes, tandis que Cabri, comme un sage guide, mène la troupe d'un pas assuré.

En avançant à travers ces lieux, les filles ressentent une énergie mystique les envelopper. Elles sont irrésistiblement attirées vers un autel central, où brûle une flamme sacrée. S'agenouillant devant cette lueur, elles se laissent réchauffer par sa chaleur réconfortante.

Soudain, une voix résonne dans leur esprit, murmurant dans une langue ancienne et mystérieuse. C'est la déesse Kali elle-même qui touche l'équipe avec ses huit bras, leur offrant ses bénédictions pour leur périple. Flattés et inspirés, les deux amies et Théo se sentent connectés à quelque chose d'une grande dimension. Les créatures ressentent une frayeur intense face à l'agitation tentaculaire de ses bras, suivie d'un sentiment honorifique.

Ils poursuivent leur chemin, guidés par la sagesse des divinités et le soutien de leurs compagnons fantastiques. Chaque site visité leur dévoile une nouvelle facette de l'héritage culturel et spirituel de l'Inde, tissant des liens solides avec le milieu enchanteur qui les entoure.

Les trois aventuriers continuent d'explorer les secrets des temples, rencontrant des êtres magiques et restant admiratifs devant la beauté saisissante de ce pays chargé de mystères.

Ainsi, leur odyssée se poursuit, parsemée de magie, d'aventures éblouissantes et d'amitiés solides. Et qui sait quelles merveilles et surprises les édifices indiens leur réservent encore ?

Judith est animée par une grande curiosité et attend avec impatience son voyage en Thaïlande et en Corée du Sud. Elle a souvent écouté son père, qui a eu l'occasion de travailler dans ces deux pays, partager ses réflexions sur leur culture riche, la pratique de la méditation, ainsi que sur la bienveillance qui caractérise leurs habitants.

Alors que leur épopée les entraîne à travers les paysages enchanteurs, nos intrépides héros découvrent les majestueux temples d'Angkor, en Thaïlande.

Théo, animé d'une curiosité insatiable, s'engage dans les ruines anciennes, où les murmures du passé semblaient danser autour de lui. À ses côtés, King Bodo, le dragon aux écailles scintillantes, déploie ses grandes ailes pour survoler le site, admirant la grandeur des constructions oubliées. Non loin, Kendal, le phénix flamboyant, pose des énigmes mystérieuses aux voyageurs ébahis, éveillant la curiosité de nombreux explorateurs en quête de sagesse.

Leur périple les mène ensuite vers les terres enchantées de Corée du Sud, où ils font halte au sanctuaire de Bulguksa. Là, un moine sage, aux yeux pétillants de connaissance, leur parle de l'harmonie entre l'homme et la nature. Émus par ses paroles profondes, Chloé et Théo décident de participer à une cérémonie traditionnelle. Dans le même temps, Biscotte, le lutin espiègle, s'amuse à chasser les oiseaux qui virevoltent autour de lieu sacré, ajoutant une touche de magie à l'atmosphère.

Le temple de Beomeosa, niché au cœur des montagnes de Geumjeongsan à Busan, se dresse tel un joyau de sérénité et de spiritualité, témoignant des siècles d'attachement **des Coréens** à leur culture. Fondé en 678, cet édifice, avec ses toits en tuiles ondulées et ses détails artistiques époustouflants, invite les visiteurs à s'émerveiller devant l'architecture traditionnelle coréenne. En parcourant les sentiers sinueux menant au monument, les aventuriers découvrent des jardins paisibles, des lanternes de pierre illuminées par la lumière douce des étoiles. Pour embellir les lieux, des statues de Bouddha créent une atmosphère propice à la méditation et à la réflexion.

Les moines résidant au Beomeosa, gardiens de traditions anciennes, pratiquent des rituels quotidiens et offrent des retraites spirituelles, permettant aux touristes de s'immerger dans la culture bouddhiste. Ce lieu sacré, symbole de résilience, est aussi un havre de paix, invitant chacun à explorer les méandres de sa propre spiritualité.

À chaque étape de leur périple, nos héros et leurs compagnons fantastiques apprennent non seulement sur les cultures rencontrées, mais aussi sur la force de leur lien. Les défis arrivent comme des dragons en furie, prêts à jouer des tours ! Mais ensemble, on forme une équipe de choc, prêts à dégommer chaque obstacle sur notre route. Qui aurait cru que l'amitié et l'aventure étaient les vrais trésors ici ?

Sur la route des templiers

***

Judith, Chloé et Théo se sont retrouvés plongés dans un monde rempli de magie et d'aventure lorsqu'ils ont entrepris un voyage sur la route des templiers en Normandie. Théo ne peut pas manquer cette mission avec son cheval sur son terrain de prédilection en immersion dans le Moyen Âge. Leur mission consiste à percer les mystères qui entourent la crypte du château de Gisors, Les Andelys et le labyrinthe de la Bove des Chevaliers de Neuville-sur-Touques.

L'endroit, assimilé à une catacombe à Gisors, est réputé pour abriter des trésors cachés et des connaissances ésotériques. Les trois compagnons ont bien l'intention de réussir à déchiffrer les énigmes qui les guideront vers ces secrets ancestraux. Leur progression est semée de pièges magiques, mais leur premier objectif est de résoudre le mystère de la crypte.

Les Andelys, une petite ville pittoresque nichée au cœur de la vallée de la Seine, est un autre maillon important dans leur recherche.

Ce chemin les amène à découvrir ces sites historiques liés à l'ordre des Templiers. Ces chevaliers connus pour leur bravoure ont joué un grand rôle durant les croisades.

Là-bas, ils découvrent un vieux manuscrit qui les conduit jusqu'au labyrinthe de la Bove. Ce labyrinthe, situé dans les jardins d'un ancien château, est réputé pour être le lieu de tests initiatiques pour les moines templiers.

Judith éprouve une profonde fascination pour cette époque, car sa mère lui évoque souvent une vision d'elle-même en tant que templier lors d'une vie antérieure. Chaque visite de ruines sur le chemin vers la terre sainte ravive en elle ces souvenirs lointains. Les histoires que sa mère lui raconte prennent vie dans son esprit, les chuchotements des pierres anciennes résonnant comme un écho du passé.

Elle se souvient alors des soirées passées à feuilleter de vieux livres, découvrant les légendes des chevaliers, des batailles épiques durant lesquelles sa mère, dans son imagination, racontait avoir sans doute soigné les blessures des moines-soldats. Son esprit éclairé lui conférait déjà à cette époque un talent inné pour la médecine.

Chaque détail nourrit l'imagination de Judith, vêtue d'une armure, chevauchant un cheval de bataille à travers des paysages vallonnés.

Ce pèlerinage vers la terre sainte n'est pas qu'une simple excursion ; c'est une envie personnelle de comprendre les racines de sa famille, si tant est que cette vie antérieure de sa mère ait pu exister. Elle est curieuse de découvrir le lien mystérieux qui l'unit à son héritage. En traversant les édifices normands, elle espère ainsi entendre les murmures de ses ancêtres qui ont foulé ces terres.

Judith partage son secret de famille avec ses amis et les invite à vagabonder dans les méandres du temps.

Chloé, toujours prête à explorer, écoute attentivement les récits de son amie. Elle a toujours eu un penchant pour le risque, mais l'idée de plonger dans un passé aussi riche et mystérieux lui donne des frissons d'excitation. Pour elle, chaque ruine est une porte vers un autre monde où les contes prennent vie.

Théo, quant à lui, est captivé par l'idée de revivre les exploits des Templiers. Avec son destrier, il se sent comme un véritable chevalier. Sa détermination est palpable, et il sait que leur amitié sera leur plus grand atout dans cette exploration. Il a toujours cru au pouvoir des légendes et des histoires, et cette aventure est l'occasion rêvée de prouver que l'héroïsme n'est pas **qu'un écho** du passé.

Le trio se dirige donc vers le labyrinthe de la Bove, l'excitation mêlée à une légère appréhension. À leur arrivée, ils sont accueillis par des murs de verdure qui semblent former un véritable dédale. Les rayons du soleil filtrent à travers les feuilles, créant des ombres dansantes sur le sol. Judith, avec son sens de l'orientation aiguisé, prend les devants, tandis que Chloé et Théo la suivent de près, chacun paré à faire face à l'inconnu.

En entrant dans le labyrinthe, ils découvrent des inscriptions anciennes gravées sur les pierres. Avec l'aide de Chloé, Judith commence à déchiffrer les symboles, tandis que Théo, vigilant, scrute les alentours à la recherche de pièges ou de créatures magiques. Chaque pas qu'ils font les rapproche un peu plus des secrets enfouis, mais aussi des dangers qui les guettent.

Soudain, un léger bruissement se fait entendre, suivi d'une lueur étrange au cœur du labyrinthe. Intrigués, ils avancent prudemment. Là, au centre, se tient un socle sur lequel repose un ancien médaillon. Judith le reconnaît immédiatement, il est identique à la fleur de vie que sa mère porte à son cou. En s'approchant, elle ressent une connexion forte en énergie, efficace contre les ondes négatives comme si le médaillon l'appelait.

« Ça doit être un indice, murmure-t-elle, les yeux brillants d'excitation. Peut-être que ce médaillon détient la clé pour accéder à la crypte ! »

Chloé et Théo échangent un regard complice, comprenant tous deux que leur recherche vient à peine de commencer. Ils savent que cela peut les mener à des révélations surprenantes sur le passé des Templiers, mais également sur leur propre histoire. Ensemble, ils sont convaincus que les mystères du labyrinthe et de la crypte ne sont qu'un début.

Les trois aventuriers font face à des épreuves de courage, d'intelligence et de magie. Ils sont confrontés à des illusions terrifiantes de ne jamais trouver la sortie tout au long du labyrinthe, tandis qu'ils doivent aussi déchiffrer des symboles gravés sur le sol pouvant indiquer des pièges. Chaque passage les rapproche un peu plus de la vérité cachée depuis des siècles. Finalement, ils atteignent le centre du labyrinthe, où se trouve une ancienne relique des templiers.

Cette relique est le dernier maillon de la longue chaîne de l'histoire fascinante de cette société quasi secrète. Elle renferme des facultés mystiques et des connaissances qui peuvent changer le cours de l'histoire. Judith, Chloé et Théo réalisent qu'ils sont les gardiens de cette relique et qu'il leur incombe de la protéger des forces obscures qui cherchent à s'en emparer.

Leur circuit se poursuit dans les plaines verdoyantes de la Normandie, où les vestiges des anciennes forteresses témoignent du pouvoir et de l'influence de l'Ordre du Temple au Moyen Âge. Elle se terminera à Jérusalem en un voyage empreint d'histoire et de mystère.

Les templiers, ces moines-soldats, ont joué un rôle crucial lors des Croisades, protégeant les pèlerins et combattant pour la foi. En empruntant cette route, les trois enfants permettent aux passionnés d'histoire d'imaginer les échanges culturels et les batailles épiques qui ont eu lieu tout au long du chemin.

Chaque étape de cette route est jalonnée de chapelles, de châteaux et de villes qui racontent l'histoire de ces chevaliers. Les lieux explorés en Normandie, où les Templiers avaient établi des commanderies, s'étendent ensuite à travers les villages entre collines et vallées verdoyantes, en direction du sud de la France. Cette route les amène aux ports flamboyants de la Méditerranée, d'où ils embarquent vers les terres saintes. Judith, Chloé et Théo font revivre chaque lieu et offrent un aperçu fascinant de l'époque, à tel point qu'ils se demandent si l'ordre du Temple n'existe pas encore aujourd'hui sous une forme clandestine, une autre appellation !

Les paysages se transforment, passant des collines aux vastes plaines et aux montagnes escarpées. Les voyageurs peuvent ressentir l'adrénaline des batailles menées et l'esprit de camaraderie qui unissent les trois amis, à l'image des templiers d'antan. Leur destination ultime, Jérusalem, n'est pas seulement une ville sainte, mais un symbole de la lutte pour la foi, où l'histoire et la spiritualité se rencontrent.

Dans leur aventure à travers la Normandie et jusqu'en méditerranée, Judith, Chloé et Théo se sont retrouvés sous la protection et l'influence de leurs créatures fantastiques. Ces derniers ont joué un rôle essentiel dans leur traversée des fortifications et des ruines.

King Bodo, le puissant dragon, est le défenseur des secrets anciens. Avec ses écailles brillantes et sa sagesse, il guide le groupe à travers des sentiers, leur révélant des histoires oubliées sur les templiers et les mystères des lieux qu'ils visitent. Son souffle apporte une touche de renouveau dans les souterrains qu'ils explorent, assurant ainsi la sécurité du groupe tout en leur offrant des aperçus fascinants sur l'histoire de la région.

Kendal, le majestueux phénix, illumine leur chemin. Chaque fois qu'ils découvrent un endroit particulièrement chargé d'histoire, il s'élève dans les airs, ses plumes flamboyantes créant des arcs-en-ciel de lumière. Sa présence insuffle à l'équipe un sentiment de courage, pour surmonter les obstacles.

Cabri, le cheval fougueux, est la force motrice de leur voyage. Avec son énergie débordante et son esprit libre, il porte Judith, Chloé et Théo à travers les vastes campagnes normandes, allant des collines verdoyantes aux rivages escarpés. Cabri représente l'esprit fougueux et curieux, incitant le trio à se lancer dans des expéditions audacieuses.

Enfin, Biscotte, le lutin farceur, apporte la légèreté à leur périple. Avec ses rires contagieux et ses plaisanteries malicieuses, il transforme les moments de tension en éclats de joie. Ses talents pour créer des illusions et des farces permettent au groupe de se détendre et de profiter pleinement de chaque instant. Il est un rappel constant de l'importance de l'humour et de l'amitié, renforçant les liens entre eux.

Ainsi, ensemble, ces créatures fantastiques et leurs compagnons humains forment une équipe harmonieuse pour cette exploration.

Ils vont maintenant partir à la recherche d'autres lieux chargés de mystère et percer les secrets et l'existence de ceux qui ont contribué à bâtir des communautés.

Leurs prochaines destinations, allant d'est en ouest, aborderont les forêts enchantées d'Amazonie, les châteaux hantés d'Écosse, la beauté des fjords et les paysages idylliques de l'Asie.

Les paradis terrestres

Rencontre en Amazonie

***

Les trois complices sont au Brésil, à Manaus, en compagnie de leurs créatures fantastiques, King Bodo le dragon, Kendal le Phénix et Cabri le cheval, sans oublier Biscotte, leur mascotte fétiche. Ils partent en exploration dans la forêt amazonienne. Judith est excitée à l'idée de découvrir cette partie de l'Amérique du Sud, car sa maman est brésilienne. Elle sera à l'aise dans cette contrée, parce qu'elle est bilingue et pourra faciliter les échanges avec les tribus d'Indiens Tikuna. Elle sera une interprète de qualité pour ses amis.

Alors qu'ils s'enfoncent dans la végétation luxuriante à bord d'une pirogue glissant sur le fleuve Amazone, les couleurs vives des fleurs et le chant mélodieux des oiseaux les entourent. Chloé, toujours curieuse, s'émerveille devant un arbre gigantesque aux racines enchevêtrées, tandis que Théo prend des notes sur les différentes espèces de plantes qu'il rencontre. La région est si dense que les rayons du soleil peinent à traverser les feuillages pour arriver jusqu'à leur embarcation. King Bodo, planant au-dessus d'eux, scrute l'horizon à la recherche de serpents et araignées qui pourraient les mettre en danger. Pendant ce temps, Kendal illumine le chemin de sa lumière dorée avec ses ailes flamboyantes.

Ils poursuivent leur périple en marchant, le cheval fougueux trottine joyeusement à côté des autres, ses sabots s'enfonçant sur le sol humide de la contrée. Biscotte court autour d'eux, se faufile parmi les racines, s'arrêtant parfois pour flairer une fleur ou jouer avec une branche tombée. L'atmosphère est empreinte d'une magie palpable, chaque pas les rapprochant un peu plus des secrets que la forêt va leur offrir.

« Regardez ça ! s'exclame Chloé, pointant du doigt une liane qui pend d'un arbre comme une corde de jungle. On pourrait l'utiliser pour grimper ! »
Judith, enthousiaste, hoche la tête.
« Oui, et sans doute qu'en haut, nous pourrons voir tout le paysage ! »
Théo, tout en prenant des notes, ajoute :
« Mais soyons prudents, il y a peut-être des animaux qui ne seraient pas ravis de nous voir là-haut. »

King Bodo, sentant l'excitation du groupe, se pose majestueusement à côté d'eux.
« Je peux vous aider à atteindre les cimes des arbres qui forment une canopée, si vous le souhaitez », dit-il d'une voix grave et résonnante.
Les yeux de Théo brillent à cette proposition.
« Ce serait incroyable ! »

« Regardez là-bas ! s'exclame Chloé en pointant du doigt une petite clairière où dansent des lucioles, formant un spectacle éblouissant. Nous devons nous y arrêter pour faire une pause et observer ces merveilles ! »

Les amis acquiescent et s'installent près d'un ruisseau d'une pureté infinie. Biscotte, leur mascotte espiègle, s'amuse à sauter d'une pierre à l'autre, provoquant des éclaboussures d'eau tiède. Pendant qu'ils profitent de ce moment de détente, Judith commence à raconter des histoires sur la légende de Tupã, le Dieu de la création de l'Amazonie, que sa mère lui a transmises, captivant l'attention des autres. En effet, les habitants des tribus croyaient que Tupã avait façonné l'Amazonie avec amour, donnant vie à chaque arbre, chaque ruisseau, chaque créature. Ils croyaient que le Dieu se levait avec le soleil, peignant le ciel de couleurs éclatantes et qu'il pouvait aussi tomber en pluie fine pour protéger la végétation. C'est ainsi que les tribus ont appris à respecter leur terre qui est un cadeau précieux à préserver.

« Savez-vous qu'il existe aussi des esprits de la forêt qui protègent les animaux ? demande Judith, les yeux pétillants d'excitation. Certains disent même qu'ils peuvent se montrer aux voyageurs dignes de confiance ! »

Chloé, fascinée, demande :

« Et comment peut-on les rencontrer ? »

« Peut-être en montrant du respect pour la nature et en chantant une chanson dédiée à la jungle », suggère Théo, le regard rêveur.

Inspirés par cette idée, ils décident de composer une mélodie, fusionnant les sons doux avec les harmonies de leurs voix. Lorsqu'ils commencent à chanter, une brise légère s'élève, et les lucioles, comme par magie, dansent encore plus intensément autour d'eux. Judith sourit, consciente que leur aventure ne fait que commencer et que des excursions encore plus merveilleuses les attendent dans cette affluence magique.

Chloé, toujours curieuse, ne peut s'empêcher d'imaginer les merveilles que la forêt leur réserve. Elle rêve déjà des plantes médicinales qu'elle pourrait découvrir, des fruits exotiques à goûter et des secrets ancestraux à apprendre. Théo, quant à lui, est plus pragmatique, il a prévu une carte et des provisions, conscient des risques de s'égarer et des dangers qui rôdent dans cette jungle dense.

Ensemble, ils avancent à travers les fougères géantes et les lianes entremêlées, leurs compagnons fantastiques les suivant de près. King Bodo, avec ses écailles scintillantes, fend l'air d'un battement d'ailes, tandis que Kendal établit une connexion envoûtante avec les conditions de vie des humains. Cabri trottine à côté d'eux, prêt à galoper à la moindre alerte.

Après quelques heures de marche, ils arrivent à une clairière où le chant des oiseaux se mêle au murmure d'un affluent de l'amazone.

Avant de s'élancer vers les hauteurs, ils décident de faire une pause. Kendal, avec un battement d'ailes, envoie des étincelles dorées dans l'air, créant une atmosphère festive.

« Que diriez-vous d'une petite chanson avant d'escalader ? » propose Chloé.

Tous se mettent à chanter, leur voix se mêlant aux sons des bois. Leur joie résonne à travers les arbres.

***

Dans la forêt amazonienne, nos cœurs en émoi,

Oh, explorateurs des couleurs et des chants,
Dans la magie de la jungle, on avance lentement.
Les racines enchevêtrées, un arbre géant,
Chloé émerveillée, les yeux brillants.
Théo prend des notes, la nature en éveil,
Judith, bilingue, tisse des merveilles.

***

Ils remarquent alors un groupe d'indigènes, rassemblés autour d'un feu. Judith, le cœur battant, fait un pas en avant, saluant les habitants de cette terre avec un sourire chaleureux. Les Indiens, d'abord méfiants, sont rapidement intrigués par la présence de ces compagnons singuliers.

Biscotte, la mascotte, s'approche des Indiens, attirant leur attention par ses cabrioles amusantes. Judith les divertit en chantant et en agitant ses mains, provoquant des éclats de rire chez les jeunes enfants. Elle interprète avec enthousiasme une chanson populaire dans leur dialecte, intitulée « Sapoto sicoulala ».

Leurs rires brisent le silence et l'appréhension et une conversation s'engage avec la tribu. Judith, qui maîtrise parfaitement leur langue, s'empresse de partager ses liens avec leur communauté. Aussi profite-t-elle de ce moment pour poser des questions sur la vie dans cette affluence verdoyante et concernant leurs traditions. Les visages des Indiens s'illuminent alors qu'ils partagent leurs histoires, leurs luttes pour protéger leur habitat, leurs terres et leur culture.

Chloé, fascinée, sort son carnet de croquis pour immortaliser les scènes qu'elle voit. Théo écoute les récits avec une oreille **attentive**, cherchant à comprendre comment ils peuvent aider. Ce moment de connexion entre les deux mondes est le début d'une alliance pour préserver la beauté de la forêt amazonienne.

Alors que le soleil commence à se coucher, colorant le ciel de nuances dorées et rosées, les trois complices deviennent les gardiens de ce trésor naturel.

Tous les trois repartent en sachant reconnaître les insectes à leur vol, le déplacement des animaux à leur cri et au bruit de leurs pas et les oiseaux à leur chant.

Les châteaux hantés d'Écosse

***

Les trois amis et leurs créatures fantastiques arrivent en Écosse dans le but de percer les mystères des manoirs hantés et tenter d'apercevoir le monstre du Loch Ness.

Alors qu'ils empruntent des chemins sinueux de la campagne écossaise, une brume épaisse s'élève, enveloppant le paysage des Highlands. Judith, avec son esprit vif mène le groupe. Chloé, la stratège du trio, examine attentivement une vieille carte qu'elle avait dénichée dans la bibliothèque de son village, tandis que Théo, le rêveur, laisse son imagination vagabonder entre les légendes de ce pays.

À l'approche du premier château, **une ambiance singulière imprègne** les lieux. Les arbres semblent murmurer des secrets anciens, et un vent léger apporte avec lui un parfum de mystère, tandis que la pluie redouble d'intensité.

Les rires des enfants résonnent dans ce déluge, mêlés au doux chant de Kendal qui s'élève dans les airs, illuminant la nuit de ses plumes flamboyantes. Le groupe s'arrête devant un vieux manoir aux pierres grises, couvert de lierre et de secrets.

« Regardez là-bas ! » s'exclame Chloé en pointant du doigt une silhouette sombre qui se dessine à l'intérieur des ruines.

Intrigués, ils s'approchent, et King Bodo, avec un rugissement puissant, s'avance pour protéger les siens. Le vent s'agite, porteur d'un souffle ancien qui semble les convoquer avec douceur.

« Nous devons être prudents, dit Judith, son regard fixé sur les ombres qui dansent derrière les fenêtres brisées. Les histoires parlent de fantômes, de trésors perdus. »

« Écoutez, murmure Chloé, l'oreille tendue. On dirait que la citadelle nous appelle. »

Sans hésiter, ils pénètrent dans la cour intérieure, où des ombres dansent sur les murs décrépits. Au fond, une porte massive se tient ouverte, invitant les intrus à entrer. C'est alors qu'un rugissement profond retentit, faisant vibrer le sol sous leurs pieds. King Bodo se redresse, prêt à défendre ses amis, tandis que Kendal prend son envol, illuminant l'obscurité.

Ensemble, ils entrent dans le château en ruines dont les murs, selon les rumeurs, étaient hantés par les âmes des anciens seigneurs.

Illuminé par les lueurs chatoyantes de Kendal, l'édifice est orné de portraits de nobles d'antan, leurs yeux semblant suivre chaque mouvement des aventuriers. À chaque pas, la tension monte, mais l'excitation d'une autre découverte l'emporte sur la peur.

Soudain, une voix résonne dans le hall.

« C'est le monstre du Loch Ness ! s'écrie Théo, sa voix tremblante d'adrénaline. Nous devons le retrouver avant qu'il ne s'échappe à nouveau ! »

Avec détermination, ils se dirigent vers les sous-sols du palais habité par des esprits, où des légendes parlent d'un passage secret menant directement au lac où il vit. Cabri, avec sa fougue, les guide à travers les corridors sombres, tandis que Biscotte, curieux et intrépide, renifle les lieux à la recherche d'indices.

Alors que le groupe descend les marches, un frisson parcourt l'air. Ils savent que l'aventure ne fait que commencer et que des mystères encore plus grands les attendent.

« Qu'est-ce qui se cache derrière cette porte ? » demande Théo, son cœur cognant dans sa poitrine.

« Seul un véritable courage nous permettra de le découvrir », répond Judith avec assurance, serrant la main de leur mascotte, qui tremble légèrement de peur.

Ensemble, ils franchissent le seuil, prêts à affronter les mystères et les dangers qui les attendent, tout en gardant à l'esprit leur objectif ultime : voir le fabuleux monstre du Loch Ness, dont les histoires terrifiantes les avaient tous fascinés depuis leur enfance.

À l'intérieur, une obscurité épaisse les enveloppe, rend difficile la distinction des formes qui les entourent. Théo allume sa lampe torche, illuminant des murs humides recouverts de mousse et des traces d'anciens symboles gravés.

« Regardez ça ! » s'exclama-t-il, pointant du doigt une inscription mystérieuse.

Judith s'approche, ses yeux brillants d'intérêt.

« Ces symboles pourraient être des indices, murmure-t-elle tandis que Biscotte, toujours nerveux, jette des regards inquiets autour d'eux. Mais attention, nous devons rester vigilants. »

Le trio avance prudemment, chaque pas résonnant dans le silence. Soudain, un bruit sourd résonne derrière eux, comme si quelque chose venait de tomber. Biscotte sursaute et se blottit contre Théo.

« Qu'est-ce que c'était ? » demande-t-il, la voix tremblante.

Théo, essayant de masquer sa propre peur, tente de le rassurer.

« C'est probablement juste un animal. Nous devons avancer."

Ils continuent à explorer, découvrant des passages étroits et des salles voûtées. À chaque coin, l'angoisse grandit. Puis, ils atteignent une grande salle au fond de laquelle se dresse une statue imposante. Elle représente une créature aquatique, ses écailles scintillant faiblement à la lumière de la torche.

« Le monstre du Loch Ness, murmure Judith, fascinée. Il doit y avoir un lien avec les histoires ».

Théo s'approche de la statue, son cœur battant encore plus fort.

« Regardez, dit-il en désignant une plaque. Il y a une inscription ici. »

Judith traduit les mots anciens, révélant une prophétie sur un héros qui affronterait le monstre pour restaurer l'équilibre des eaux.

« C'est notre destin », déclare-t-elle avec une lueur déterminée dans les yeux.

Mais avant qu'ils puissent réfléchir à la signification de ces mots, un second grondement sourd retentit.

Les murs de la grotte se mettent à vibrer sous la puissance de ce bruit et un frisson parcourt l'échine de Théo.

« Qu'est-ce que c'était ? » demande-t-il, sa voix à peine audible.

Judith, toujours concentrée sur la plaque, tente de rester calme.

« Peut-être que le monstre se réveille », murmure-t-elle, ses yeux scrutant la pénombre qui les entoure.

Soudain, une ombre gigantesque se matérialise au fond de la grotte, se déplaçant lentement, comme une créature des profondeurs. Le cœur de Théo s'emballe et il sent la peur l'envahir.

« Nous devons partir », insiste-t-il, mais Judith, irrésistiblement attirée par le mystère, s'accroche à son emplacement.

« Attends ! La prophétie… il y a peut-être quelque chose à faire ! »

Elle fouille dans son sac, sortant un ancien livre qu'elle a trouvé dans la bibliothèque du village. Les pages jaunies comportent des illustrations de rituels oubliés, des incantations destinées à apaiser les esprits des eaux.

Le grondement s'intensifie, et la silhouette se rapproche, révélant des écailles scintillantes et des yeux perçants. Théo, partagé entre la fuite et la curiosité, prend une profonde inspiration.

« Si nous devons l'affronter, alors faisons-le, ensemble », déclare-t-il, sa voix tremblante, mais résolue.

Judith hoche la tête, déterminée.

« Nous devons réciter l'incantation. Peut-être que cela apaisera le monstre ».

Tandis qu'elle feuillette les pages avec frénésie, le monstre, désormais à quelques mètres d'eux, émet un grondement profond qui résonne comme un défi.

« À trois ! dit Théo, se plaçant à côté de Judith. Un… deux… trois ! »

Ils commencent à chanter les mots anciens, leurs voix sont unies dans l'obscurité, tandis que la créature s'arrête, la curiosité remplaçant la menace dans son regard.

Nessie incline légèrement la tête, ses yeux brillants scrutent les aventuriers, puis elle émerge lentement de l'eau, les vagues ondulant sous son corps massif. Les jeunes gens, captivés, n'osent pas interrompre leur chant. Ils sentent que quelque chose d'extraordinaire est en train de se produire.

La créature s'approche d'eux, sa grande tête penchant curieusement, comme pour chercher un câlin. Théo se rend alors à l'évidence qu'ils n'ont plus à avoir peur. Au contraire, ils se sentent connectés à Nessie d'une manière qu'ils n'auraient jamais pu imaginer.

Depuis ce jour, les enfants considèrent que le lac n'est plus seulement le sujet d'une légende, mais plutôt un lieu de rencontres où diverses espèces peuvent vivre en harmonie.

Les fjords norvégiens

***

Les trois acolytes naviguent à bord d'un vieux bateau en bois, voguant avec confiance sur les eaux profondes et glacées des fjords norvégiens. Les voiles blanches flottent au vent, propulsant le navire vers l'inconnu.

Judith, Chloé et Théo se tiennent à la proue, émerveillés par la beauté sauvage qui les entoure. Les falaises escarpées s'élèvent de chaque côté, leur donnant l'impression d'être enveloppés dans un monde féerique.

King Bodo, le dragon protecteur, se tient fièrement à côté d'eux, ses écailles étincelantes reflétant la lumière du soleil. Sa présence imposante les rassure, car ils savent qu'il veille sur eux avec une loyauté sans faille.

Biscotte, le lutin farceur, sautille joyeusement d'un côté à l'autre du navire, semant rires et sourires sur son passage. Sa petite taille ne l'empêche pas d'être un compagnon précieux, apportant de la légèreté et de la joie à chaque moment de leur aventure.

Kendal, le Phénix majestueux, se tient en retrait, observant attentivement les environs. Son regard perçant et sa sagesse ancestrale les guident dans leur embarcation, révélant des secrets cachés dans les paysages envoûtants des fjords.

Cabri, le cheval fougueux, se cabre d'impatience, prêt à galoper à travers les vastes plaines et les sommets enneigés. Sa puissance et sa rapidité sont inégalées, faisant de lui le compagnon idéal pour explorer les terres sauvages de la Norvège.

« Si nous trouvons un endroit idéal pour observer les aurores boréales, je pourrai organiser un festin ! » s'écrie Biscotte, ses yeux pétillants d'excitation.

Judith hoche la tête, ravie par cette idée.

« Et nous pourrions raconter des histoires autour du feu, tout en dégustant les poissons que les villageois nous ont appris à pêcher », ajoute Chloé en pensant aux légendes des Vikings qui peuplaient l'endroit depuis plusieurs siècles et qui étaient venus jusqu'en Normandie à la recherche de nouvelles terres et de conditions climatiques moins difficiles.

La mythologie raconte que certains Vikings se sont installés à Cuverville pour cultiver les terres réputées très riches des fermes, autour du château.

C'est ainsi que les Cuvervillais devinrent de talentueux agriculteurs.

Il n'est pas étonnant que les trois enfants soient si fiers de leur village, devenu un mélange culturel, mêlant les coutumes vikings à celles des Cuvervillais.

Judith, Chloé et Théo ont d'ailleurs appris qu'il existait autrefois une fête locale nommée « Septembrèche » qui se tenait le premier dimanche de septembre pour célébrer la fin des moissons et les légendes ancestrales.

Ils avaient lu dans les notes historiques de Georges Rondo, d'où venait le nom de cette fête locale. La brèche signifiait en fait une percée des guerriers vikings dans les lignes de défense des villageois pour piller les terres normandes dans les années 900 et cette invasion avait eu lieu en septembre.

Cependant, l'histoire ne s'arrête pas là. Une nuit, alors que le ciel était illuminé par une aussi mystérieuse qu'improbable aurore boréale au-dessus du village, un groupe de Vikings s'aventura jusqu'au souterrain qui relie le château à l'église. Ils tentèrent d'y découvrir un secret enfoui, un cristal lié à la fondation même de Cuverville. Mais un événement annonciateur d'un mauvais présage se produisit. On dit, sans en faire preuve, qu'une chouette perchée sur un des piliers de l'entrée du parc avait hululé si fort cette nuit-là qu'elle fit effondrer le souterrain qui emprisonna les malheureux.

Ainsi, pour Judith, Chloé et Théo et leurs nouveaux amis vikings, ce voyage en Scandinavie renforça leurs liens. Aussi, il marqua le début d'une nouvelle ère pour leur village, où l'héritage viking et local s'entrelaça pour toujours.

Leur émerveillement est comblé à la nuit venue. Alors qu'ils s'enfoncent dans les paysages idylliques des fjords, les couleurs des aurores boréales commencent à danser dans le ciel, tel un cadeau du soleil dans notre atmosphère. Judith, émerveillée, lève les yeux et murmure :

« Regardez comme elles sont magnifiques ! »

Chloé, avec son esprit curieux, propose d'explorer les grottes de glace qui scintillent à la lumière des aurores. Théo, toujours pragmatique, suggère qu'ils établissent un campement pour la nuit, afin de profiter au maximum de ce spectacle naturel.

King Bodo s'étire et s'envole au-dessus d'eux, son souffle chaud réchauffant l'air frais de la nuit. Kendal s'élève en spirales de feu, illuminant le chemin de ses plumes incandescentes. Cabri trotte à leurs côtés, ses sabots résonnant sur la terre gelée, tandis que Biscotte toujours débordant d'énergie, danse autour d'eux en chantant des mélodies entraînantes.

Ils progressent ainsi, unis par l'amitié et l'émerveillement, tandis que les lumières célestes continuent de tisser des motifs enchanteurs au-dessus de leurs têtes. Chaque pas les rapproche non seulement des aurores, mais aussi d'une aventure qui marquera leurs âmes à jamais.

Leur amitié et leur courage inébranlable les guident vers des horizons lointains, où de nouvelles merveilles les attendent à chaque tournant.
Ensemble, ils avancent, prêts à découvrir les mystères des fjords créés par les mouvements de la croûte terrestre, puis sculptés par la période glaciaire.

Leurs pas résonnent sur les rochers mouillés, tandis que le bruit des vagues s'écrase contre les falaises abruptes. Judith, toujours curieuse, scrute l'horizon à la recherche de signes d'une ancienne légende qui parlait d'un trésor caché au cœur des fjords. Chloé, quant à elle, ressent une connexion inexplicable avec la nature environnante, comme si chaque souffle de vent lui chuchotait des secrets oubliés.

Théo sort sa carte, une vieille relique qu'il avait trouvée dans le grenier de l'ancienne épicerie Loisel, devenue la maison de ses parents.

« Regardez ici, dit-il en pointant un symbole étrange, c'est là que se trouve la grotte des murmures. On dit que ceux qui y entrent entendent des voix du passé. »

King Bodo, le dragon majestueux, s'élève dans le ciel, ses écailles scintillant sous le soleil, tandis que Kendal, le phénix aux yeux d'azur, renifle l'air à la recherche de pistes. Cabri observe attentivement les environs. Enfin, Biscotte, l'espiègle petit lutin, virevolte autour d'eux, lançant des étincelles de joie.

Alors qu'ils s'enfoncent davantage dans les fjords, les paysages se transforment. Les montagnes semblent se dresser comme des gardiens silencieux et la brume qui s'élève des eaux leur confère une aura mystique.

« Écoutez, murmure Chloé, il y a quelque chose dans l'air, une énergie ancienne qui nous appelle. »

Judith hoche la tête.

« Nous devons être prudents. Des écrits parlent aussi de dangers cachés. »

Théo, déterminé, serre sa carte plus fort.

« Ensemble, nous pouvons découvrir ce que ces fjords ont à nous révéler. »

Et ainsi, le groupe s'aventure plus loin, le cœur battant à l'unisson, prêt à affronter des secrets enfouis dans les profondeurs des fjords norvégiens autrefois remplis de glace.

« Et si nous empruntions les voies de navigation des Vikings pour rentrer en Normandie ? » lance Théo.

Les paysages asiatiques

***

Les trois amis avaient entendu parler de plages paradisiaques et de paysages à couper le souffle, ce qui attisait leur curiosité. Ils étaient prêts à plonger dans cette nouvelle aventure, accompagnés de leurs compagnons fantastiques. Leur but était de joindre l'utile à l'agréable en profitant de ces vacances pour s'investir dans une mission de bienfaisance.

Le voyage vers le Viêtnam est rempli de charme et de mystère. King Bodo, avec ses immenses ailes, vole haut dans le ciel, guidant le groupe vers sa destination. Biscotte est toujours en train de concocter des tours amusants pour divertir l'équipe. Kendal garde un œil vigilant sur la terre, prêt à protéger le groupe de dangers. Et Cabri galope avec une énergie débordante, prêt à explorer les moindres recoins de cette nouvelle contrée.

Voguant à bord d'une jonque, Judith, Chloé et Théo sont émerveillés par la beauté de la baie de Ha Long qui les entoure. Les formations rocheuses en calcaire, émergeant des eaux turquoise, sont drapées de verdure luxuriante, créant un spectacle époustouflant. Le soleil, à son zénith, reflète des éclats d'or sur la surface de l'eau, tandis que des pêcheurs locaux, à bord de petites barques, s'affairent à ramener leur prise du jour.

Les trois amis rejoignent ensuite les plages thaïlandaises, perchés sur les ailes de King Bodo et de Kendal, tandis que Cabri galope sur l'eau avec Biscotte sur son dos. Ici, le sable blanc et fin s'étend à perte de vue, se mêlant harmonieusement aux eaux cristallines de la mer. Les palmiers se balancent doucement dans la brise marine, offrant de l'ombre et un sentiment de tranquillité. C'est un véritable paradis sur terre, l'air marin embaumant les senteurs de la mer et des fruits tropicaux.

Les aventuriers commencent à explorer les environs, se laissant bercer par l'atmosphère paisible de l'endroit. King Bodo survole les plages et les villages flottants de pêcheurs, admirant la vue d'en haut, tandis que le farceur s'amuse à jouer des tours aux baigneurs touristes, provoquant des éclats de rire. Le phénix, quant à lui, se tient fièrement sur un rocher, observant la mer avec sagesse. Cabri, ne pouvant contenir sa fougue, se précipite dans l'eau, galopant joyeusement le long de la plage.

Les jours passent, et les trois profitent pleinement de leur séjour. Ils se baignent dans les eaux chaudes, découvrent la faune marine en plongée et se laissent envoûter par les couchers de soleil flamboyants. Chaque instant est une véritable détente, remplie d'émerveillement.

Cependant, il convient de rester vigilant, afin de prévenir de tout danger, à l'image du tsunami qui avait dévasté la côte ouest de la Thaïlande le 26 décembre 2004. Une sirène surgit de l'eau pour les protéger. Sa silhouette élancée et ses longs cheveux flottants dans l'eau scintillent comme des algues sous les rayons du soleil. Avec un sourire apaisant, elle les invite à la suivre. Intrigués, Judith, Chloé et Théo plongent sous la surface, curieux de découvrir le royaume sous-marin qu'elle habite. Les coraux colorés s'étendent à perte de vue, peuplés de poissons multicolores qui dansent autour d'eux.

La sirène leur explique que les océans avaient leurs propres rythmes qui ont été perturbés par les déchets en tout genre, notamment les plastiques. La nature, bien que belle, peut parfois être impitoyable. Elle leur montre des signes à surveiller, des mouvements des eaux et des bruits qui annoncent un changement imminent. Les enfants, fascinés, prennent note de ses conseils, réalisant que la vigilance est essentielle pour savourer chaque moment en toute sécurité.

Ensemble, ils explorent des épaves mystérieuses et rencontrent des créatures marines étonnantes, comme des tortues géantes et des raies gracieuses. Au fur et à mesure de leurs découvertes, leur lien avec la sirène se renforce, et elle partage avec eux des légendes anciennes sur la mer et ses mystères.

Lorsqu'ils reviennent sur la plage, le ciel s'est assombri. Les vagues commencent à se soulever et la sirène les avertit qu'une tempête se prépare. Avec un dernier regard plein de promesses, elle plonge dans les profondeurs, les incitant à rentrer rapidement. Les trois associés, tout en ressentant l'excitation de l'inconnu, prennent conscience de la nécessité de respecter la puissance de l'océan et de toujours rester unis face aux imprévus qui peuvent surgir.

Mais leur parcours n'est pas seulement axé sur la détente. Judith, Chloé et Théo savent qu'il y a encore tant à explorer dans ce monde rempli de magie. Ils décident donc de s'aventurer plus profondément dans les terres thaïlandaises, à la recherche d'autres lieux paradisiaques.

Leur périple les conduit à travers des jungles luxuriantes. Ils rencontrent des moines sages qui leur enseignent les secrets de la méditation et de la sérénité. Ils font la rencontre de créatures mythiques telles que les nâgas, ces serpents géants dotés de pouvoirs magiques. Chaque étape de leur voyage est empreinte de fascination, les rapprochant toujours plus de la destination ultime.

En survolant les rizières verdoyantes, King Bodo le dragon et Kendal le phénix ont remarqué combien le travail était pénible dans cette partie la plus pauvre du pays. Aussi voient-ils des jeunes aider leurs parents. En reportant cette vision auprès de Judith, de Chloé et de Théo, il leur vient une idée pour porter assistance à ces pauvres gens.

Leur but est d'arrêter de faire travailler les mineurs pour leur laisser le temps pour l'éducation et les distractions. L'idée principale est de créer un esprit de solidarité entre les adultes et la jeunesse. Cabri le cheval fougueux et Biscotte le lutin farceur veulent aussi apporter leur contribution.

Ensemble, ils décident d'organiser une grande fête communautaire, un événement qui rassemble les habitants des villages environnants. Chloé, avec son sens inné de l'organisation, se met à planifier des activités ludiques et éducatives. Elle imagine des ateliers de jardinage, où les parents peuvent apprendre à cultiver des plantes plus productives, ainsi que des séances de contes pour enfants, afin de leur transmettre des histoires inspirantes et des leçons de vie.

Judith, avec son talent pour la musique, propose d'inclure des concerts et des spectacles de danse, dans le but d'apporter une ambiance festive et de renforcer les liens entre les familles. Théo, quant à lui, se charge de rassembler des ressources et des fournitures, convainquant les commerçants locaux de faire des dons pour soutenir l'événement.

Cabri et Biscotte, animés par leur désir d'aider, décident de se joindre à l'équipe. Cabri, avec sa grande force, offre de transporter les matériaux nécessaires pour la fête, tandis que

Biscotte, avec son sens de l'humour, se charge d'amuser les enfants avec des tours de magie et des blagues.

Le jour de la fête, la place du village est embellie de guirlandes colorées et de stands de jeux. Les rizières, bien que loin d'être luxueuses, s'illuminent de rires et de chants. Les adultes, motivés par l'esprit de solidarité, commencent à échanger des idées sur la manière d'améliorer leur situation. Ils réalisent qu'ensemble, ils peuvent créer un changement durable.

Au fur et à mesure que la journée avance, les écoliers s'épanouissent, profitant de jeux et d'activités sans se soucier des lourdes tâches des champs. La fête devient un symbole d'espoir et de renouveau, un moment où chacun comprend l'importance de l'éducation et de la protection des plus jeunes.

Ainsi, King Bodo et Kendal, observant le bonheur qui rayonne dans leurs yeux, se sentent fiers d'avoir contribué à cette transformation qui sera un meilleur avenir pour toute la communauté.

Judith, Chloé et Théo sont émerveillés par tout ce qu'ils ont vécu et appris au cours de leur exploration. Ils ont découvert en eux des forces cachées, des capacités magiques qu'ils ne soupçonnaient pas. Ils comprennent que le charme n'est pas seulement présent dans ce monde enchanté, mais qu'il réside également en chacun d'eux.

Les défis

La maîtrise AFE

***

Judith, Chloé et Théo, grâce à King Bodo le dragon, Kendal le phénix et Cabri le cheval, possèdent la maîtrise AFE (Air Feu Eau) pour attaquer comme pour protéger.

Ensemble, ils forment une équipe redoutable, capable d'affronter les défis les plus périlleux et contenir les éléments de la nature qui se déchaîneront dans leurs prochaines destinations.

Judith et King Bodo maîtrisent les éléments de l'eau et de l'air, utilisant des vagues déferlantes pour repousser les adversaires tout en leur infligeant des rafales glacées.

Chloé et sa créature peuvent invoquer des tempêtes de feu et des bourrasques d'air, créant ainsi des tornades ardentes qui désorientent leurs ennemis.

Théo, quant à lui, chevauche son destrier aux dons surnaturels qui lui permettent de contrôler les éléments à sa guise, transformant les plaines en torrents de pluie ou en champs de flammes.

Ensemble, ils parcourent des terres enchantées, protégeant les innocents et préservant l'équilibre entre les éléments.

Mais une menace sourde plane sur leur royaume : une force obscure cherche à s'emparer de la maîtrise AFE pour plonger le monde dans le chaos. Les deux filles et leur ami doivent alors unir leurs forces et leurs créatures pour affronter cette nouvelle menace, découvrant au passage des secrets ancestraux sur leurs pouvoirs et les véritables enjeux de leur quête.

Leur aventure les mènera à travers des contrées mystérieuses, peuplées de créatures légendaires et de défis inattendus. Leur amitié et leur détermination les renforceront pour défendre l'univers de leurs agresseurs afin que la terre redevienne un jardin florissant vibrant de vie, rempli de merveilles et de mystères.

Alors qu'ils avancent, chaque pas les rapproche non seulement des dangers, mais aussi de leurs propres limites. Judith, avec son esprit indomptable, découvre qu'elle peut communiquer avec les éléments eux-mêmes, invoquant des tempêtes ou apaisant les flammes. Chloé, avec sa sagesse innée, devient le lien entre les créatures magiques et les humains, apprenant à chaque interaction les histoires oubliées qui nourrissent leur terre. Théo, armé de sa bravoure, trouve en lui une force insoupçonnée qui le pousse à se battre pour ceux qui ne peuvent pas se défendre.

Le trio se dirige vers la Montagne des Échos : celle du grondement des volcans et du crépitement des glaciers, un lieu mythique où l'énergie des éléments se rencontre. C'est là qu'ils espèrent déceler le genre de cette force obscure. Lorsqu'ils atteignent le sommet d'un glacier ou d'un cratère, un ancien gardien apparaît, un être fait de lumière et d'ombre, révélant que l'équilibre des éléments a été perturbé par les humains. Les trois amis comprennent alors que leur action va au-delà d'un simple combat : ils doivent restaurer l'harmonie entre les forces de la nature et déjouer les plans de ces sorciers du Nouveau Monde qui ont provoqué le déséquilibre des énergies vitales.

Ensemble, ils s'attaquent à des plans qui mettent à l'épreuve leur loyauté et leur courage.
À mesure qu'ils avancent, ils réalisent que la clé pour triompher de la situation réside non seulement dans leurs compétences individuelles, mais dans leur capacité à travailler ensemble. Leur amitié devient leur arme la plus puissante, capable de transcender les pires catastrophes. Et alors qu'ils se rapprochent du cœur du conflit, ils savent que le véritable combat n'est pas seulement pour la survie de leur terre, mais aussi pour sauver les habitants des vallées.
À l'instant où ils s'enfoncent dans la vallée des Murmures, ils rencontrent des alliés inattendus : des esprits, des créatures qui ont vu le déséquilibre croissant et souhaitent restaurer l'ordre.

Un soir, alors qu'ils se trouvent en camping à proximité d'une cascade, une vision empreinte d'espoir les envahit. Ils réalisent qu'ils doivent élaborer une stratégie avec les esprits de la nature pour faire face à ceux qui, par leurs actes malveillants, tentent de contrôler les énergies élémentaires dans le but de récupérer les pouvoirs AFE.
La sorcière Ludmilla s'en est emparée et l'équipe renforcée organise un combat capable de tordre ses forces. En s'approchant de son repaire, ils ressentent une lourdeur dans l'air, comme si

la terre elle-même retenait son souffle. Armés de leurs nouvelles compétences, ils se préparent à l'affrontement final.

Judith canalise la force de King Bodo pour créer une barrière de feu, tandis que Chloé utilise Kendal pour générer un brouillard d'eau, le désorientant. Théo, chevauchant Cabri, charge avec une détermination inébranlable, prêt à défier la sorcière.

Tandis que la bataille fait rage, ils réalisent que la clé pour le vaincre réside dans leur capacité à unir leurs forces pour créer un spectacle pour l'éblouir. En combinant leurs dons, ils invoquent un cyclone de lumière et d'énergie qui engloutit Ludmilla dans sa propre magie, et avec elle, la menace qui pesait sur leur monde.

La colère des volcans

***

Les volcans rugissent de colère, crachant des flammes et des nuages de cendres dans le ciel sombre. Le sol tremble sous leurs pieds, tandis que des bourrasques chaudes soufflent dans leurs cheveux. Judith, Chloé et Théo se regardent, leurs yeux remplis d'excitation. Ils savent que la route sera périlleuse, mais ils sont parés pour atteindre leur objectif.

King Bodo déploie ses grandes ailes et s'élève dans les airs, survolant les éruptions en émettant un puissant rugissement. Biscotte saute sur son dos, agitant sa baguette magique avec enthousiasme. Kendal court gracieusement à leurs côtés, ses ailes majestueuses battant dans le vent. Cabri, tout fougueux, hennit d'impatience, prêt à galoper vers l'inconnu.

Alors que le groupe s'avance, la terre se fissure sous leurs pas. Des geysers jaillissent des profondeurs, créant des arcs-en-ciel étincelants au-dessus d'eux. Des tourbillons de feu dansent dans le ciel, illuminant la nuit de leurs couleurs vives. Les roches en fusion jaillissent du centre de la Terre pour se précipiter dans les ravins, créant des cascades de lave incandescente.

Malgré le chaos effrayant qui les entoure, Judith, Chloé et Théo restent calmes et concentrés. Leur lien avec leurs compagnons fantastiques leur donne de la force et une confiance sans limites. Ils savent qu'ils doivent suivre leur instinct et leurs pouvoirs magiques pour naviguer en toute sécurité à travers ce paysage tumultueux.

Alors qu'ils avancent, une voix résonne dans l'air, douce et mélodieuse. C'est la voix de la Terre elle-même, leur parlant à travers le vent. Elle leur raconte les légendes des volcans, les secrets qu'ils renferment et les épreuves qu'ils vont devoir affronter pour les traverser. Les trois amis écoutent attentivement, absorbant chaque mot avec fascination.

Cette route représente bien plus qu'un simple parcours géographique ; c'est une expérience partagée. Chaque épreuve qu'ils rencontrent teste leur courage, leur persévérance et leur amitié. Ils doivent faire preuve de respect envers les forces de la nature et apprendre à coopérer avec elles. Chaque étape de leur voyage les rapproche de leur destinée, les guidant vers une révélation mystérieuse qui les attend au sommet.

Les trois complices pensent qu'il existe un cristal de feu pour calmer l'éruption. Selon les croyances anciennes, il aurait été forgé dans le cœur d'une montagne par des esprits dotés de pouvoirs extraordinaires. Sa couleur rose, scintillante comme des braises, serait la manifestation de l'énergie pure de la terre.

En passant dans les villages voisins, des sages ont raconté que cette pierre précieuse a la capacité d'absorber la chaleur intense des magmas. Elle peut ainsi canaliser cette énergie vers le ciel, transformant la colère des volcans en une douce pluie. Cependant, il est dit qu'elle doit être implorée par des enfants, car elle ne se révèle qu'à ceux qui ont un cœur pur et une intention sincère.

Néanmoins, la vraie question demeure : le cristal est-il vraiment réel, ou n'est-il qu'un mirage, une lueur d'espoir dans cette folie ?

Dans l'intervalle, les habitants du village persistent dans leurs prières, dans l'espoir d'échapper à une tragédie similaire à celle du Vésuve, qui avait enseveli la ville Romaine de Pompéi en l'an 79 après J.-C. Ils nourrissent l'espoir qu'il existe quelque part, prêt à agir lorsque la situation l'exigera.

La route des volcans est le premier pas vers leur destinée. Avec leurs compagnons à leurs côtés, rien ne peut les arrêter dans leur recherche de maîtrise des éléments de la nature.

Dans les entrailles brûlantes de la Terre, un spectacle à la fois terrifiant et fascinant se dévoile : les gerbes de feu et de cendres mêlées. Telles des bouches démoniaques crachant leur colère, ces montagnes grandioses enflammées se dressent, libérant des torrents de lave incandescente. Leur puissance destructrice est gigantesque, transformant en cendres tout ce qu'elles rencontrent sur leur chemin. Pourtant, dans cette dévastation apocalyptique, se cache aussi une beauté sauvage et primitive. Les coulées de lave rougeoyante dessinent des tableaux éphémères, mélangeant les couleurs de l'enfer avec celles de la vie. Les volcans en éruption sont les gardiens d'un monde souterrain mystérieux, rappelant aux hommes la fragilité de leur existence face aux forces telluriques qui façonnent notre planète.

Les flammes dansent dans le ciel sombre, crépitant avec fureur. Les hurlements du vent se mêlent aux craquements des arbres en proie aux flammes dévastatrices. Judith, Chloé et Théo, vêtus de leurs combinaisons ignifugées, se tiennent face à cette infernale scène, déterminés à mettre fin à cette calamité en implorant le cristal du feu.

King Bodo, le dragon protecteur, crache un puissant jet d'eau dans les airs, créant un rempart pour contenir l'incendie.
Biscotte, le lutin farceur, utilise quant à lui sa magie espiègle pour créer des courants d'air salvateurs, tentant de guider les flammes hors de la forêt.
Kendal, le majestueux Phénix, déploie ses ailes imposantes pour créer une barrière protectrice, empêchant les flammes de se propager davantage.

Mais alors que nos héros luttent vaillamment contre les flammes, une force mystérieuse se manifeste soudainement, sans aucun doute grâce à l'activation du cristal, qui ajoute une barrière de feu en apportant de l'aide aux créatures fantastiques. Les nuages se rassemblent au-dessus d'eux, s'assombrissant à une vitesse alarmante. La pluie commence à tomber, d'abord doucement, puis en torrents furieux.

Les inondations s'abattent sur la terre déjà meurtrie par les flammes. Les rivières gonflent à une vitesse vertigineuse, débordant de leur lit et engloutissant tout sur leur passage. Cabri, le cheval fougueux, se cabre avec vigueur, cherchant un moyen de protéger ses compagnons de cette nouvelle menace.

Judith, Chloé et Théo comprennent que la nature elle-même se déchaîne, que les éléments sont unis pour les mettre à l'épreuve.

Ils savent qu'ils doivent agir vite pour sauver les habitants. Ils se tournent vers Marie Solange, la voyante réputée du village, dont la maîtrise des cristaux est bien établie. Elle leur explique que le magma, en s'élevant vers le ciel, a engendré des nuages en excès, et que l'intervention du vent est nécessaire. En touchant leur front, elle leur transmet une partie de ses capacités, les encourageant à écouter leur instinct.

Suivant les conseils de Marie Solange, les enfants se rassemblent en cercle, unissant leurs forces pour apaiser les éléments en furie. Judith fait appel à la puissance de la terre, Chloé évoque la sagesse de l'eau, tandis que Théo se concentre sur la force du vent.

Peu à peu, les flammes s'éteignent, les eaux se retirent, et un calme précaire revient dans la forêt. Les merveilleux compagnons savent que leur mission est loin d'être achevée. Ils comprennent l'importance de demeurer attentifs aux dangers omniprésents qui les guettent dans un univers où les événements se révèlent souvent imprévisibles.

Ainsi, Judith, Chloé, Théo et leurs fidèles compagnons ont la ferme intention de protéger leur monde rempli de fantaisie et de mystère, et à préserver l'équilibre fragile entre les éléments naturels.

La fonte des glaciers et des pôles

***

La menace d'une tragédie pour les générations futures pousse Judith, Chloé et Théo, accompagnés de leurs créatures fantastiques, à unir leurs pouvoirs magiques dans une lutte acharnée contre la fonte des glaciers. Leurs cœurs battent à l'unisson, déterminés à sauver la Terre d'un destin tragique. Judith, avec son affinité pour l'eau, convoque des tempêtes de neige, chaque flocon scintillant comme une promesse de renouveau pour consolider ces édifices naturels. Chloé, maître des vents, fait danser les bourrasques pour créer des barrières de froid, ralentissant la mélancolique avancée du réchauffement climatique. Quant à Théo, il puise dans la force des anciennes forêts, appelant les esprits pour restaurer l'équilibre perdu.

Les paysages, autrefois majestueux, sont désormais menacés par la montée des eaux. Les glaciers, ces géants blancs, se fissurent et s'effritent, mais le trio n'abandonne pas. Ensemble, ils entreprennent un voyage à travers des contrées oubliées, à la recherche de l'antique « cristal des glaces », un artefact légendaire capable de restaurer le climat de la planète. Chaque étape de leur périple les confronte à des efforts qui mettent à l'épreuve non seulement leurs facultés physiques et mentales, mais aussi leur amitié.

Sur leur chemin, ils rencontrent des personnes mythiques, gardiennes des secrets des âges passés. Chaque rencontre révèle des vérités cachées sur l'harmonie entre les êtres vivants et leur environnement. Au fur et à mesure que leur quête avance, Judith, Chloé et Théo comprennent que la magie ne réside pas seulement dans leurs pouvoirs, mais aussi dans la capacité de chaque individu à changer le cours des choses.

Dans un ultime affrontement, alors que les glaciers s'effondrent autour d'eux, ils unissent leurs forces pour libérer l'énergie du cristal. Une lumière éclatante jaillit, engendrant un souffle glacial qui rétablit le cycle de la vie, apportant avec lui l'espoir d'un avenir durable. Les glaciers, tels des phénix renaissant de leurs cendres, retrouvent leur splendeur, et avec eux, la promesse d'un monde préservé pour les générations futures.

Judith, Chloé et Théo, accompagnés de leurs créatures, choisissent de fusionner leurs énergies pour préserver l'équilibre fragile des glaces aux pôles Nord et Sud. Ils invoquent des ondins pour créer des courants glacés qui renforcent les calottes polaires. Ces inventions majestueuses et brillantes dansent autour des icebergs, chantant des mélodies anciennes qui insufflent une nouvelle vie.

À leur passage, les ours blancs, les pingouins et les phoques les remercient pour leur dévouement. La gratitude des animaux de la banquise les encourage à intensifier leurs efforts.

Ensemble, ils forment une alliance puissante, combinant leurs talents pour réparer les crevasses et restaurer l'équilibre. Cependant, ils réalisent rapidement que leur combat est contre un adversaire insidieux : l'indifférence des humains. Ils décident donc de se rendre dans le monde des hommes pour tenter de défier le destin en éveillant les consciences et en sensibilisant les populations à l'importance de préserver ces merveilles.

Pour y parvenir, ils empruntent un portail virtuel qui les transporte dans une grande ville animée, où les lumières scintillent et les voitures vrombissent. Leurs créatures fantastiques, bien qu'invisibles aux yeux des passants, les suivent discrètement.

Chloé, avec sa voix douce et envoûtante, commence à chanter une mélodie qui attire l'attention des passants. Les notes flottent dans l'air, créant une ambiance magique. Les gens s'arrêtent, curieux. Judith, de son côté, utilise ses pouvoirs pour faire apparaître des images des pôles et des animaux en danger, projetant ces visions sur un grand écran de lumière.

Théo, quant à lui, rappelle aux citadins la beauté et l'utilité des glaces de l'arctique et de l'antarctique. Les visages s'illuminent, la magie opère et une discussion commence à s'animer autour d'eux.

Les messages de sensibilisation, les chants et les images touchent les cœurs, et bientôt une foule se forme, captivée par l'appel à l'action.

Mais ils savent que cela ne suffit pas. Ils doivent aller au-delà de cette première étincelle d'intérêt. Judith envisage d'organiser un grand événement pour rassembler des artistes, des scientifiques et des écologistes. Ensemble, ils souhaitent créer une journée dédiée à la protection des banquises, où chacun pourrait apprendre et s'engager pour un avenir durable.

La montée des eaux

***

Les trois amis se tiennent au sommet d'une falaise escarpée, regardant avec inquiétude les vagues déferler de plus en plus haut sur le rivage. Leurs compagnons fantastiques sont également conscients de l'urgence de la situation, leurs yeux brillants reflétant la volonté de trouver une solution.

Judith, avec sa sagesse et son esprit vif, commence à élaborer un plan. Elle sait que la magie serait leur meilleur atout dans cette bataille contre les éléments. Chloé, la magicienne puissante et expérimentée, se concentre pour canaliser son énergie et invoque un sortilège de protection autour de la plage. À chaque marée haute, les galets gris sont projetés dans les rues, incapables de créer une barrière contre les vagues déchaînées qui viennent engloutir le centre-ville avec une puissance infinie. Les cris des mouettes et des goélands tentent de s'adapter à la colère de l'océan, résonnent dans l'air gorgé de sel marin.

Pendant ce temps, Théo, le courageux guerrier, rassemble les habitants du Havre pour les informer de la situation et les préparer à une éventuelle évacuation vers la ville haute. Il leur parle avec calme et assurance, les rassurant tout en leur demandant de rester vigilants face aux dangers imminents.

King Bodo, le dragon protecteur, s'élève dans les airs, scrutant l'horizon avec ses yeux perçants. Il repère la chapelle de

Notre-Dame-des-Flots au loin sur les hauteurs de Sainte Adresse, qui semble être la clé pour stopper la montée des eaux. Avec détermination, il s'y dirige sans délai, emmenant avec lui Biscotte, Kendal et Cabri.

Arrivés sur la colline, nos héros découvrent une ancienne relique magique, connue sous le nom de « Cristal des Marées » qui avait sauvé de nombreux marins dans le passé. Celui-ci renferme un pouvoir ancestral capable de contrôler les éléments naturels. Judith, Chloé et Théo comprennent que c'est leur seule chance de sauver leur plage bien-aimée.

En unissant leurs forces et en canalisant leur énergie, ils réussissent à l'activer. Une énergie pure imprègne l'air et les vagues déchaînées se calment progressivement. Les eaux se retirent lentement, révélant un rivage intact et préservé.

Lorsque la tâche est accomplie, ils sont invités sur la plage par le maire qui les remercie pour leur bravoure, émerveillé par leur succès. La population du Havre les acclame comme des héros, reconnaissante de les avoir comme sauveurs. Les trois amis et leurs compagnons fabuleux ont maintenant la responsabilité de veiller sur leur plage et de protéger l'environnement.

Judith, Chloé, Théo, King Bodo, Biscotte, Kendal et Cabri savent que leur mission n'est pas terminée. Ils continuent à lutter contre les effets du réchauffement climatique, protégeant ainsi leur monde magique rempli de merveilles et d'aventures.

Et c'est ainsi qu'ils continuent leur périple à travers les terres enchantées, prêts à affronter la colère de la Seine qui menace Paris.

Les flots tumultueux déchaînés par des pluies incessantes font trembler les fondations de la célèbre tour Eiffel qui se tient fièrement debout depuis l'inauguration de l'exposition universelle de 1889.

Judith, avec son courage, brandit une baguette magique envoyant des vagues de lumière pour rediriger le fleuve vers les rivières. Chloé, avec sagesse, utilise ses dons de communication avec la nature pour appeler les animaux à se joindre à leur cause, créant des barrages de branches et de pierres. Théo le stratège planifie en chef d'orchestre leurs mouvements pour anticiper la montée des eaux qui menace toute la région Île-de-France.

King Bodo, avec sa stature imposante, se tient au bord de la Seine, contrôlant les courants avec sa force considérable. Il oriente des vents violents pour disperser les nuages menaçants, tandis que Cabri, l'esprit libre, saute au-dessus des flots pour repérer les zones les plus touchées, envoyant des signaux aux enfants. Biscotte, le farceur habituel, revêt son costume de sage pour la gravité du moment et récite des incantations oubliées, appelant à la protection des ancêtres pour qu'ils veillent sur la ville.

Alors que la nuit tombe, les lumières de Paris scintillent au loin, mais l'ombre des inondations plane toujours. Ensemble, ils forment un cercle sur les rives, leurs pouvoirs s'entremêlant, créant un bouclier d'énergie autour de la ville. Les habitants, témoins de ce spectacle extraordinaire, commencent à sentir l'espoir renaître en eux.

Mais une nouvelle menace émerge des profondeurs de la Seine à l'entrée de la capitale. Une créature mythique aux yeux brillants d'une lueur malveillante s'avance vers eux, propulsée par les eaux tumultueuses du mascaret qui balaie tout sur son passage à la vitesse d'un cheval au galop.

Les deux filles, le garçon et leurs alliés réalisent qu'ils vont devoir non seulement combattre les inondations, mais aussi faire face à cet être ancien qui cherche à s'emparer de Paris. Ils se préparent à une bataille épique, unissant leurs forces pour défendre la capitale qu'ils aiment tant.

Fort heureusement, les progrès de la technologie ont anticipé le dérèglement climatique dans Paris. Les tramways volants ont remplacé les lignes de métro entièrement immergées. Ces nouveaux moyens de transport, flottant gracieusement au-dessus des inondations, permettent aux Parisiens de se déplacer rapidement et en toute sécurité au sein d'une ville transformée.

Les stations, perchées sur des plateformes surélevées, offrent une vue imprenable sur les toits de la ville, où la verdure a repris ses droits. Depuis des jardins suspendus, King Bodo et Kendal observent le nouveau système de circulation et encouragent les Parisiens à les utiliser.

Les habitants, désormais habitués à cette nouvelle normalité, ont adapté leur mode de vie. Les véhicules personnels ont presque disparu, remplacés par des scooters solaires aériens. Seuls quelques surfeurs glissent sur l'eau, rendant les rues dépourvues de pollution.

**

Grâce à ses dons, le trio anticipe les caprices météorologiques, évitant ainsi des catastrophes qui auraient pu dévaster les régions qu'ils ont traversées. Leur réputation grandit à chaque mission, attirant l'attention des villageois qui les considèrent comme des protecteurs. Les rumeurs se répandent, et bientôt, des gens de tous horizons viennent demander leur aide pour des problèmes variés, qu'il s'agisse de sécheresses, de maladies ou même de conflits entre communautés.

Ainsi, ils réalisent que cette série d'événements n'est pas seulement un phénomène naturel, mais qu'il est surtout causé par le réchauffement climatique.

Nature et paix

Sauveurs de la planète

***

Judith, Chloé et Théo vont ainsi remonter l'histoire, explorer des territoires paradisiaques et protéger la planète contre les éléments incontrôlables. Leur escapade les conduit à travers des forêts luxuriantes, où les arbres centenaires murmurent des secrets anciens, et des montagnes majestueuses, où les neiges éternelles brillent comme des diamants au soleil.

Au fil de leur périple, ils découvrent des ruines oubliées, témoins d'une civilisation disparue qui avait su vivre en harmonie avec la nature. Judith, passionnée par l'histoire, s'immerge dans les écrits laissés par ces ancêtres, cherchant des indices sur les moyens de préserver l'équilibre fragile de leur monde. Chloé, avec son esprit aventurier, se charge de cartographier chaque nouveau territoire, traçant des routes vers des lieux inexplorés, tout en veillant à ne pas perturber les écosystèmes qu'ils rencontrent.

Théo, quant à lui, possède un lien unique avec les éléments. Il peut sentir les changements dans l'air, entendre les murmures des rivières et comprendre le langage des vents.
Leur lien avec les milieux extérieurs est si fort qu'ils peuvent sentir les changements dans l'air, entendre les murmures des arbres et lire les signes laissés par les animaux. Chaque membre du trio apporte ses compétences uniques :

Judith, la plus intuitive, a le don de ressentir les émotions des êtres vivants, tandis que Chloé, avec son esprit analytique, peut déchiffrer des schémas météorologiques complexes. Enfin, avec leur esprit créatif, ils savent comment mobiliser les ressources locales pour aider les populations à s'adapter aux changements.

Alors qu'ils se préparent pour une nouvelle aventure, un ancien sage du village s'approche d'eux. Avec une voix empreinte de sagesse, il leur parle d'une tempête qui se profile à l'horizon, plus puissante que tout ce qu'ils n'ont jamais rencontré. Intrigué et inquiet, le trio décide de se rendre sur les lieux pour enquêter. En chemin, ils réalisent que cette tempête n'est pas seulement une fatalité, mais le résultat de déséquilibres engendrés par les actions humaines.

Ils comprennent qu'il ne suffit pas d'anticiper les tempêtes, mais qu'ils doivent également enseigner aux villageois comment vivre en harmonie avec leur environnement. Ainsi commence une nouvelle mission, celle de rétablir l'équilibre entre la nature et les hommes, pour que les tempêtes ne soient plus des menaces, mais des rappels de la puissance et de la beauté qui les entoure.

Un jour, en explorant une vallée cachée, ils tombent sur un phénomène étrange : une source d'énergie pure pulsant au rythme d'un cœur battant. Fascinés, ils s'approchent, conscients que cette découverte pourrait être la clé pour rétablir l'harmonie sur Terre. Mais ils réalisent aussi que cette source est protégée par des forces obscures, déterminées à l'exploiter à des fins destructrices.

Ils doivent maintenant élaborer un plan audacieux, combinant leurs talents et leurs connaissances afin de défendre cet endroit de vie.

King Bodo, Kendal, Cabri et Biscotte se demandent comment être utiles pour enrayer les dérèglements météorologiques tels que les ouragans qui détruisent tout sur leur passage ou les sécheresses qui font mourir les cultures et provoquent des incendies.

Théo se mit soudainement à crier :

« Tout comme pour le feu, la glace et les marées, il doit y avoir quelque part un cristal des vents ! »

King Bodo, avec sa sagesse ancestrale, évoque les anciennes histoires qu'il avait entendues dans sa jeunesse.

« Il se trouve, mes amis, dans la Vallée des Échos, dit-il d'un air affirmatif. Cette vallée est un lieu où le temps lui-même semble suspendu. C'est là que les ancêtres ont dû cacher cette pierre magique, gardée par des créatures mythiques. »

Kendal, toujours curieux, ajoute :

« Mais comment y parvenir ? La vallée est protégée par des tempêtes perpétuelles et seuls les plus courageux osent s'y aventurer. »

Biscotte, avec un sourire déterminé, s'exclame :

« J'ai déjà quelques idées en tête ! Nous pourrions construire un vaisseau capable de voler au-dessus des tempêtes, en utilisant les courants ascendants comme le font les parapentistes. »

Le groupe, galvanisé par cette idée, se met au travail. Chacun commence à rassembler des ressources, à concevoir des plans et à se préparer pour l'épisode qui les attend.

Alors que le soleil se couche, ils jurent de ne pas laisser les cyclones continuer à détruire le monde. Ensemble, ils s'engagent dans la Vallée des Échos, à la recherche de ce quartz protecteur des vents.

Cristal en poche, ils décident de se rassembler au sommet de la montagne la plus haute, brandissant leur trouvaille, là où les vents soufflaient librement et où la magie se faisait sentir.
King Bodo, avec son souffle de feu, propose de créer une barrière de chaleur pour influencer les courants d'air.
Le phénix avec ses plumes brillantes suggère d'invoquer des pluies bienfaitrices pour rétablir l'équilibre de la terre.
Quant à Cabri, il parcourt les villages pour sensibiliser les habitants à la protection de l'environnement.
Biscotte, le malin lutin, a une idée encore plus audacieuse : utiliser son pouvoir pour unir tous les êtres vivants dans un chant harmonieux qui pourrait apaiser les tempêtes.

Ensemble, ils élaborent un plan. King Bodo et Kendal commencent par créer un nuage protecteur, tandis que Cabri rassemble les villageois pour les préparer à chanter en chœur. Biscotte, avec son esprit vif, se met à concocter une potion qui amplifie la puissance de leur chant.
Ils savent que pour réussir, ils doivent unir leurs forces et leur magie.

À leur grande surprise, les nuages s'assombrissent, mais cette fois-ci, ce n'est pas pour apporter la destruction. Au lieu de cela, une pluie douce et nourrissante commence à tomber, et les vents, au lieu de se déchaîner, se calment. Les ouragans, sentant cette nouvelle énergie, se sont mis à changer soudainement de direction, se dissipant en un doux souffle d'air frais.

Le trio, ému par son succès, comprend que son union et sa volonté de protéger l'environnement ont fait la différence. Ils jurent de continuer leur mission, conscients de l'importance de la patience et de l'impact considérable que même les plus petits gestes peuvent avoir sur l'équilibre de leur monde.

***

Réunis dans leur cabane, les trois amis s'affairent à créer un jeu de société visant à protéger la planète des multiples menaces qui pèsent sur elle. Leur objectif est d'éveiller les consciences à la préservation de la Terre à travers une expérience ludique.

Ils ont commencé par esquisser les grandes lignes de leur jeu. Chacun d'eux apporte ses idées et ses compétences. Une décision collégiale permet de donner un titre à ce jeu, ce sera : « Gardiens de la terre. »

Judith propose des cartes d'événements et d'autres de résolution.

Chloé suggère d'incorporer des défis liés à la pollution et au changement climatique.

Enfin, Théo imagine des cristaux à gagner quand le chiffre des dés amènera le joueur sur une case « cristal. » Alors qu'ils discutent des mécaniques du jeu, l'excitation grandit. Ils souhaitent que chaque joueur puisse comprendre l'impact de ses choix, qu'il soit question de rejet de gaz, de reforestation ou de réduction des déchets plastiques. Ils décident donc d'inclure des scénarios où les joueurs vont devoir collaborer pour surmonter des obstacles, comme des catastrophes naturelles ou des menaces humaines.

Ils savent que le succès de leur projet dépendra de leur capacité à allier divertissement et éducation.

Les heures passent et le prototype du jeu commence à prendre forme. Ils se mettent à dessiner le plateau, à choisir des couleurs vives et à créer des illustrations qui captiveront l'imaginaire des futurs joueurs. Leurs rires résonnent dans l'abri, mélangés aux idées qui fusent, tandis qu'ils rêvent de paix et de liberté, où leur jeu pourra vraiment faire la différence.

« Gardiens de la Terre » sera un jeu qui encourage les joueurs à apprendre à préserver la beauté de la planète tout en s'amusant. Le premier qui réussira à collecter le plus de cristaux pour la restauration de l'équilibre de la nature remportera la partie.

Cristal de paix

***

Les trois audacieux héros se lancent dans une aventure osée aux côtés de leurs créatures fantastiques. Ils font la demande de rencontrer les dirigeants des différents continents, assoiffés de nouvelles conquêtes, pour leur demander d'arrêter de jouer à la guerre, car cela devrait rester un amusement uniquement.

Dans de nombreuses mythologies et à l'instar des cristaux pour maîtriser le feu, la glace, les marées et le vent, il existe aussi des cristaux dotés de pouvoirs particuliers, associés à des thèmes de guerre et de paix.

Le cristal de guerre, décrit comme étant puissant, souvent chargé d'énergie destructrice ou de sortilèges guerriers pourrait être enterré au profit du cristal de paix, symbole d'harmonie et de protection. Ce dernier pourrait avoir la capacité d'apaiser les conflits, de renforcer les liens et de favoriser la compréhension entre les peuples. Il pourrait également servir à protéger les innocents et à rétablir l'équilibre et l'ordre mondial.

Leurs cœurs résonnent en harmonie alors qu'ils franchissent des frontières des plus hostiles, guidés par l'éclat des explosions et les hymnes guerriers. Chaque pas les rapproche des résidences des dirigeants, de ces forteresses imposantes enveloppées de nuages sombres, comme si la fureur des hommes avait assombri le ciel. King Bodo, arborant des écailles scintillantes, déploie ses ailes avec élégance, tandis que Kendal, poussant un cri flamboyant, illumine leur parcours d'étincelles étoilées et de chants d'oiseaux.

À leur arrivée, ils sont accueillis par des présidents de pays de l'Est et d'Asie réunis en conclave, tous vêtus d'uniformes ornés de symboles de guerre et de victoire. Judith, avec son courage habituel, prend la parole :

« Messieurs, nous venons ici, non pas pour revendiquer un territoire, car nous avons déjà nos jardins fleuris où nous promener et nos potagers pour faire pousser nos légumes. Nous souhaitons partager notre sentiment que la paix est le plus grand des trésors. »

Chloé, pleine de passion, ajoute :
« Jouer à la guerre ne doit pas devenir une réalité. Le bonheur des enfants, des rires et des jeux, doit l'emporter sur la violence. »

Théo, soutenu par Biscotte, qui jongle avec des petites boules de lumière, conclut :
« Nous avons les compétences grâce à la magie et à l'amitié, de construire un monde meilleur. »

Les dirigeants, d'abord sceptiques, commencent à murmurer entre eux. Les mots des jeunes aventuriers touchent une corde sensible, éveillant en eux des souvenirs d'enfance, de rires et d'innocence. Alors que la tension diminue, King Bodo fait un bruit de dragon, attirant leur attention. Dans un souffle de feu et de lumière, il leur montre une vision d'un monde où les enfants jouent ensemble, où les couleurs de l'espoir dominent le gris de la guerre.

Finalement, à la stupéfaction générale, l'un des dirigeants, un homme d'un certain âge dont les yeux reflètent une profonde sagesse, s'élève et déclare :

« Vous avez raison, jeunes héros, votre réussite là où les adultes échouent est remarquable. Il est temps de réévaluer notre rôle. Nous allons prêter attention à votre appel et envisager une nouvelle voie. »

Un frisson parcourt le groupe alors qu'ils réalisent qu'ils ont un nouveau défi à relever. Ensemble, ils vont travailler à instaurer la paix, à réinventer le jeu et à redonner aux plus petits le droit de rire et de jouer.

Ils prennent ainsi la décision de se rendre dans chaque continent, apportant avec eux le message de paix.

Le lendemain, ils se mettent en route vers le continent voisin, où les rumeurs parlent d'un puissant cristal de guerre, caché dans les cavernes de la Montagne des Échos. Leur objectif est clair : non seulement convaincre les dirigeants de laisser tomber leurs armes, mais également le récupérer pour le remplacer par le cristal de paix.

À leur arrivée, ils découvrent une immense porte scellée. Théo, qui a toujours aimé les énigmes, se penche sur les inscriptions et réalise qu'elles racontent l'histoire d'un ancien conflit, mais aussi d'une réconciliation. Ensemble, ils chantent une mélodie de paix. À leur grande surprise, la porte s'ouvre lentement, révélant un intérieur rempli de cristaux de toutes les couleurs.

Alors qu'ils s'avancent, un gardien légendaire apparaît.

« Qui ose pénétrer dans ce sanctuaire ? » demande-t-il d'une voix résonnante.

Judith, toujours pleine de courage, s'avance et explique leur mission. Elle parle de l'importance de la joie, insistant sur le pouvoir des enfants à transformer le monde.

Le garde, touché par leur sincérité, les met à l'épreuve. Il leur demande de prouver que leur cœur est véritablement pur. Ils doivent chacun accomplir un acte de bonté envers une créature de la montagne.

Les héros se mettent immédiatement au travail. Chloé aide un petit dragon blessé à retrouver ses ailes, Théo partage sa nourriture avec des gueux affamés, Judith réconforte un esprit solitaire qui pleure la perte de son compagnon. Biscotte, quant à lui, aide des petits lutins égarés à retrouver leur chemin et Kendal utilise sa magie pour apporter de la lumière à un coin sombre de la montagne.

Cette démonstration de bonté impressionne le gardien, qui, avec un sourire radieux, déclare :

« Vous avez prouvé que votre demande est motivée et honnête. Prenez donc le cristal de paix, et avec lui, apportez un nouvel éclairage aux gouvernants. »

Poème Atomique

***

Ce n'est pas en jouant avec la bombe atomique
Qu'on luttera contre le réchauffement climatique.
Les cris de la Terre, son appel désuni,
Ils résonnent dans l'air, un écho infiniment tragique.

Les glaciers fondent, les océans s'élèvent,
La nature pleure, ses larmes se soulèvent.
Les forêts s'inclinent, victimes de nos choix,
Tandis que la paix se perd sous le fracas des voix.

Les hommes de science, les rêveurs de demain,
Ils cherchent dans l'amour les solutions en vain.
Cultiver la terre, préserver nos ressources,
Voilà l'arsenal pour changer notre course.

Unissons nos forces, éteignons les flammes,
Des gestes simples, puissants comme des drames.
Cessons de détruire, apprenons à bâtir,
C'est ensemble, et non par le feu, qu'on peut guérir.

Éveillons les consciences, partageons les savoirs,
Renouons avec la nature, notre plus grand espoir.
Ce n'est pas en jouant avec la bombe atomique
Qu'on luttera contre le réchauffement climatique.

La chasse au trésor

Le cristal de Vigor

***

Chloé, Judith et Théo terminent leur exploration par l'ouverture du coffre poussiéreux qui se trouve au fond de leur cabane. En l'ouvrant, ils découvrent une carte ancienne contenant des énigmes, dont une série de cinq chiffres : 76430
Il s'agit d'une chasse au trésor qui doit les conduire à l'endroit où est enterré le cristal de Vigor.

Que représente le cristal précieux de Vigor ?
Celui-ci, d'une beauté éclatante et d'une couleur vibrante, est bien plus qu'un simple objet de décoration. Il incarne la force et la vitalité. Dans de nombreuses cultures, il est perçu comme un symbole de protection et de guérison, capable de revitaliser tant le corps que l'esprit.

Les légendes racontent qu'il a été forgé par d'anciens sages, qui y ont connecté des énergies positives et des intentions bienveillantes. On dit qu'il a la possibilité d'attirer l'énergie, d'accroître la concentration et de favoriser la créativité, principalement pour les enfants durant leur scolarité.
Il existe une pierre dupliquée de l'original en forme de pendentif, certes moins pur que l'original. On peut le trouver dans les magasins d'ésotérisme ou chez certains brocanteurs. Les personnes qui croient en son pouvoir le portent ou l'utilisent dans leur quotidien, à l'image de la pierre du nord, une

magnétite protectrice qui se portait par effet de mode à l'époque des grands-parents de Judith. Nombre d'entre eux reconnaissent ressentir souvent une montée d'énergie et une clarté d'esprit.

Au-delà de ses propriétés mystiques, la pierre pure de Vigor est également un objet de fascination pour les scientifiques. Sa structure unique et ses reflets lumineux en font un sujet d'étude captivant et une source d'inspiration inépuisable. Elle trouve sa place dans la méditation et même la décoration intérieure, apportant une touche d'élégance et de sérénité.

En somme, la pierre précieuse de Vigor représente un pont entre l'ancien et le nouveau monde entre la spiritualité et la science, invitant chacun à explorer ce qu'il peut lui apporter de bien-être et de bonheur dans son quotidien.

Le groupe se regarde, l'esprit en ébullition. Les murmures des arbres semblent les encourager à réfléchir. Avec l'aide de leurs compagnons imaginaires, ils se mettent à chercher la réponse, sachant que la clé pour avancer dans leur investigation se trouve dans la résolution de cette énigme.

Ils concluent que les deux premiers chiffres doivent correspondre au département de la Seine-Maritime et les trois autres sont les chiffres d'un code postal. Cette première énigme résolue, ils peuvent localiser l'agglomération de Saint Romain-de-Colbosc. En recherchant les villages de ce secteur, quelle ne fut pas la surprise de Chloé ! Elle venait de trouver sur la carte qu'il existait un village portant le nom du cristal.

Elle s'écrie, s'adressant à Judith et Théo :

« Bon Dieu, mais c'est bien sûr, il s'agit de Saint-Vigor-d'Ymonville ! »

Il reste cependant des kilomètres carrés à parcourir pour affiner leur recherche.

Aidés de leurs compagnons fantastiques King Bodo le dragon, Kendal le Phénix majestueux, Cabri le cheval fougueux et leur mascotte Biscotte, le lutin farceur, une indication précieuse découverte dans une enveloppe fermée d'un cachet de cire au fond du coffre leur permet d'identifier que l'objet précieux se trouve dans une grotte…

Chloé, Judith et Théo se regardent, les yeux brillants excitation. La carte, ornée de symboles mystérieux et de dessins anciens, semble vibrer d'une énergie particulière. Ils se regroupent autour de la table en bois usé, où la lumière vacillante d'une bougie projette des ombres dansantes sur les murs de la cabane.

« Regardez ici, pointe Judith, désignant une inscription énigmatique sur le bord de la carte. Il est dit qu'une épreuve se trouve à l'entrée de la grotte, protégée par le colosse des Ombres. Nous devons résoudre cette énigme pour passer. »

Théo, toujours curieux et intrépide, se frotte les mains.

« Quel genre d'énigme pensez-vous qu'il posera ? Les gardiens ne sont jamais simples. Nous allons donc jouer Fort Boyard, j'adore ! »

King Bodo écoute attentivement.

« Peu importe l'énigme, tant que nous restons unis. Ensemble, nous sommes plus forts. »

Kendal hoche la tête avec sagesse.

« Nous devons être prêts. Ce genre de caverne peut receler des dangers, mais elle renferme également des merveilles. Nous devons rassembler tout ce dont nous avons besoin avant de partir. »

Biscotte saute sur la table, un sourire malicieux sur le visage.

« Et si nous ajoutions un peu de magie à notre aventure ? J'ai quelques tours dans ma manche qui peuvent nous être utiles ! »

Après avoir rassemblé provisions, une carte et des outils magiques, le groupe se met en route vers la mystérieuse grotte. Le chemin est bordé d'arbres dont les feuilles chuchotent des secrets anciens. Alors qu'ils avancent, une brise légère apporte un parfum de mystère.

Parmi toutes les cavités, une seule attire leur attention. Alors qu'ils arrivent à l'entrée, une grande ombre se dessine sur le mur de pierre. Le Gorille des Ombres, une créature majestueuse aux yeux luminescents, se tient là, imposant et sage.

« Que faites-vous ici, dans mon domaine ? » gronde-t-il, sa voix résonnant comme le tonnerre.
Chloé, prenant son courage à deux mains, s'avance.
« Nous sommes ici pour trouver le cristal de Vigor. Nous sommes prêts à affronter votre énigme. »
Le Gardien esquisse un sourire mystérieux.
« Très bien, jeunes aventuriers. Voici mon énigme : si le ciel normand n'est pas nuageux, la lumière vous indiquera le chemin. »
Le groupe se regarde, l'esprit en ébullition. Les murmures des arbres semblent les inciter à réfléchir. Avec l'aide de leurs audacieux compagnons, ils se mettent à chercher la réponse, sachant que la clé pour avancer dans leur quête se trouve dans la résolution de cette énigme.

À 14 heures précises, le soleil s'infiltre dans l'entrée de la grotte.

« Eurêka ! exprime Judith. Regardez ce rayon de soleil, il nous indique le lieu précis où il faut creuser dans le calcaire pour espérer découvrir le caillou sacré ! »

Les membres de l'expédition, silencieux et tendus, échangent des regards pleins d'espoir. Ils savent que cette découverte peut changer le cours de leur histoire d'explorateur.

Équipés de pioches et de lampes frontales, ils s'approchent de la zone illuminée. Le sol, plus tendre qu'ailleurs, paraît vibrer sous nos pas, d'une énergie mystérieuse. L'un d'eux s'agenouille pour inspecter de plus près.

« Regardez ces stries, murmure Théo, fascinant ses camarades. Elles indiquent une modification des sédiments, quelque chose a été enfoui ici, longtemps auparavant. »

Encouragés par cette observation, ils commencent à creuser avec précaution. Chaque coup de pioche soulève une poussière fine, et l'excitation monte au fur et à mesure qu'ils descendent. Le temps semble s'arrêter dans cette grotte ancienne, où les échos de leur travail résonnent comme un chant ancestral.

Soudain, le métal de la pioche heurte quelque chose de dur. Un frisson parcourt la colonne vertébrale de Théo.

« Je crois que nous y sommes ! » s'exclame-t-il.

Les autres se rapprochent, leur cœur battant la chamade. Ils dégagent soigneusement la surface, révélant un coffre.

Les trois compagnons vont devoir demander l'aide du gardien pour trouver la clé, dernier rempart avant de découvrir le trésor. C'est alors que celui-ci demande aux enfants de s'adresser à leurs créatures fantastiques pour résoudre cette dernière énigme. Ensemble, King Bodo le dragon, Kendal le Phénix et Cabri le cheval se mettent en action sous la surveillance de Biscotte, le lutin.

Les quatre fantastiques se regroupent dans le bois taillis surplombant la grotte. La clairière baigne dans la lumière d'un soleil éclatant. Le gardien, mystérieux et imposant, leur a laissé une inscription énigmatique gravée sur une pierre ancienne : « Pour ouvrir la porte du savoir, réveillez le feu, la force et la sagesse. »

King Bodo, avec ses écailles scintillantes, s'approche de la pierre. Il souffle doucement, créant une légère brise qui fait vibrer l'air autour d'eux.
« Le feu, c'est ma force. Je peux appeler les flammes, mais que devons-nous en faire ? »
Kendal, avec son plumage flamboyant, s'élève dans les airs.
« Je peux apporter la lumière pour éclairer notre chemin. Mais la sagesse, où la trouverons-nous ? »
Cabri, le cheval au galop majestueux, écoute attentivement.
« La sagesse réside souvent dans la nature. Peut-être que nous devons unir nos forces et écouter les murmures du vent. »
Biscotte, le lutin espiègle, saute de joie.
« Une idée ! Si nous combinons nos talents, peut-être que la réponse viendra d'elle-même.
Dragon, souffle ton feu.
Phénix brille haut et fort.
Cheval, guide-nous vers les secrets des falaises ! »

Avec un puissant rugissement, King Bodo crache un jet de flammes dans les airs, illuminant le paysage. Kendal, dans un éclat de couleurs, s'envole et tourbillonne autour du feu, créant des ombres dansantes sur les arbres. Cabri, emporté par l'enthousiasme, galope en formant des cercles, frappant le sol de ses sabots et faisant vibrer la terre.

Soudain, une douce mélodie s'élève parmi les arbres, comme si ce milieu authentique lui-même chantait. Les feuilles s'agitent, quelques-unes tombant au sol en ce début d'automne et un frisson parcourt l'air. La pierre commence à briller d'une lueur dorée, révélant une fente en forme de clé.

« Regardez ! s'exclame Biscotte. Nous avons éveillé la magie ! »

Les compagnons s'approchent de la pierre, et ensemble, ils insèrent une main, une patte et une aile dans la fente. Six chiffres fluorescents scintillent d'une lumière éclatante sur un parchemin.

« Nous y sommes presque ! murmure King Bodo, l'excitation dans les yeux. Préparez-vous, mes amis. Le cristal nous attend. »

Le parchemin indique qu'une voix féminine doit prononcer les six chiffres.

Judith prend une respiration profonde et dit les numéros indiqués :

« 30 – 10 – 17 »

Un bruit de mécanisme se fait alors entendre. Le coffre se met lentement à s'ouvrir, révélant un linge de soie qui recouvre la pierre précieuse.

Il est là, à portée de main, brillant comme s'il contenait les étoiles.

Mais alors qu'ils s'apprêtent à le toucher, un grondement sourd résonne dans la grotte vibrante d'une vie secrète, réveillant les falaises mortes autrefois balayées par le fleuve. Les murs tremblent et une fissure apparaît, menaçant de les engloutir et révélant des millions d'années d'érosion.

« Reculez ! » crie l'un d'eux, mais il est déjà trop tard. Leurs destinées sont désormais liées à ce cristal et à la légende qui l'entoure.

Fort heureusement, leurs créatures se mettent à soutenir les parois de calcaire de ce trou béant pour les protéger et leur laisser le temps de sortir avec le joyau de Vigor.

***

Les trois amis étaient bien conscients du risque encouru à pénétrer cette grotte. Ces formations de calcaire, vieilles de millions d'années étaient fragilisées. Ils étaient fascinés par chacune de ces structures qui racontaient l'histoire d'un passé lointain.

À mesure qu'ils progressent vers la sortie, ils ne peuvent s'empêcher de discuter des conséquences de l'inaction face au changement climatique.

« Imaginez, dit Chloé, si ces merveilles disparaissent sous l'eau ou s'effondrent à cause de l'érosion. Nous perdons notre lien avec l'histoire de la Terre. »

Judith, qui a toujours été passionnée par l'environnement, acquiesce.

« C'est notre responsabilité de sensibiliser les autres. Si nous ne faisons rien, les générations futures n'auront même plus l'occasion de voir ces beautés. »

Leurs voix résonnent dans les parois de la grotte, et chaque écho semble rappeler l'urgence de leur message. Ils prennent un moment pour contempler le spectacle devant eux : des formations calcaires luminescentes, comme si le ciel étoilé s'était déposé sur la terre. Cette beauté fragile renforce leur détermination. Ils décident qu'à leur retour, ils organiseront une campagne de sensibilisation en présentant leur livre dans leur collège « l'oiseau blanc. »

En quittant cette falaise, l'urgence de leur mission est plus claire que jamais : protéger la nature, c'est protéger leur avenir.

***

L'écho des songes

Voyages

***

Sur la route des Templiers, les cœurs en émoi,
Judith, Chloé, Théo, main dans la main,
Ils avancent dans l'histoire, guidés par la foi,
À la recherche d'un monde où vivre serein.

Les pierres murmurent des secrets ancestraux,
Des légendes de courage, d'amour et d'honneur,
Chaque pas sur le chemin, un chant nouveau,
Éveille les âmes, éveille les cœurs.

Puis, vers les pôles, les brumes les appellent,
Un royaume de glace, d'étoiles et de vent,
Ils dansent avec les aurores, leurs voix éternelles,
Portant l'espoir dans un silence éblouissant.

Dans des lieux luxuriants, où la vie s'épanouit,
Des rivières d'émeraude et des forêts d'or,
Ils s'émerveillent, admirent, mais savent aussi,
Que la planète souffre, que le temps est un trésor.

Face aux éléments déchaînés, ils s'unissent,
Des vagues en furie, des tempêtes de feu,
Avec vaillance et foi, leur mission se précise,
Sauver la Terre, ce rêve si précieux.

Judith, Chloé, Théo, héros en quête,
De la nature, de la paix, d'un futur radieux,
Leurs voyages imaginaires, une ode parfaite,
À l'harmonie du monde, à l'amour silencieux.

Ainsi, dans chaque pas, un rêve se dessine,
Une planète renaissante, où chacun a sa place,
Pour qu'ensemble, nous cheminions sans fin,
Sur les routes des temples, des pôles, et de la grâce.

Dans les dunes dorées où le sable murmure,
Judith rêvait des pyramides, majestueuses et pures.
Sous le ciel étoilé, leurs ombres s'étiraient,
Gardiennes des secrets que le temps avait laissés.

Chloé, avec l'âme aventurière, s'envolait,
Vers ces géants de pierre, où l'histoire se mêlait,
Elle voyait les pharaons, drapés de lumière,
Leurs voix résonnant à travers la poussière.

Théo avec son cheval Cabri scrutait l'horizon,
Là où le Nil danse et caresse les saisons.
Ensemble, ils traçaient des chemins imaginaires,
Unissant leurs rêves dans l'air des mystères.

Mais d'un souffle léger, ils prenaient la mer,
Vers les fjords norvégiens, sous un ciel de fer.
Les montagnes se dressaient, fières comme des rois,
Leurs cimes embrassant les nuages, sans émoi.

Dans ces vallées profondes, le silence régnait,
Sculptant des légendes que l'ombre portait.
Chloé, émerveillée, s'en allait explorer,
Des glaciers étincelants aux cascades de vérité.

Judith, la rêveuse se voyait sur un bateau,
Voguant sur les eaux, là où le ciel est beau.
Elle imaginait des sirènes chantantes,
Des histoires de voyages, de temps vacillants.

Théo, avec sagesse, contemplait le lien,
Entre les pyramides et les fjords sereins.
Il voyait dans chaque pierre, dans chaque courant,
La beauté du monde, écho du firmament.

Ainsi, Judith, Chloé et Théo,
Ils naviguent au gré des vents, comme des héros.
Leurs voyages imaginaires, entre sable et glacier,
Éclairent les âmes de l'amour du passé.

Épilogue

***

Dans leur recherche d'harmonie avec la nature, les personnages, Judith, Chloé et Théo se sont lancés dans un voyage à travers des paysages variés, mêlant des éléments historiques et des visions d'un monde meilleur. Leurs actions dans les lieux qu'ils ont explorés montrent une profonde connexion avec l'environnement et une conscience des défis auxquels notre planète fait face.

Le contraste entre les pyramides majestueuses et les fjords norvégiens souligne la richesse de l'histoire humaine et la beauté des décors. Les références à des éléments mythiques comme les sirènes ajoutent une touche de surprise à leur mission. Ce poème, « Voyages », invite à la réflexion sur l'importance de la préservation de notre terre tout en célébrant la curiosité et l'esprit d'aventure.

Un monde dans lequel chaque matin se lève sur des horizons époustouflants, où les montagnes majestueuses rencontrent des océans d'un bleu profond. Dans ce lieu de paix, les temples, ornés de sculptures délicates, servent de sanctuaires où les habitants se rassemblent pour partager leurs connaissances et célébrer la vie. Les fjords, creusés par le temps, abritent des communautés qui vivent en harmonie avec le monde, respectant chaque créature et chaque plante comme un membre de leur famille.

Dans ce monde idyllique, les conflits sont résolus par le dialogue et la coopération. Les différentes cultures, tout en célébrant leurs diversités, se rejoignent autour d'un même objectif : préserver la beauté de leur terre et promouvoir le bien-être de tous. Les rituels collectifs, qu'il s'agisse de festivals de la récolte ou de cérémonies en l'honneur des éléments, renforcent les liens entre les peuples et leur environnement.

Ainsi, chaque jour est une invitation à l'émerveillement et à la découverte, où l'harmonie entre l'humain et la nature est la véritable richesse. Dans cet écosystème de paix, l'amour et la sagesse illuminent les cœurs, forgeant un avenir radieux pour toutes les générations à venir.

Les volcans, bien que puissants et impressionnants, sont vénérés comme des symboles de renouveau. Les sages, gardiens de la sagesse ancestrale, enseignent aux jeunes générations l'importance de la compassion et de l'écoute. Les histoires de leurs ancêtres, transmises de bouche à oreille, évoquent des leçons de tolérance et d'amour, enracinées dans la compréhension mutuelle.

Volcans, montagnes parsemées de temples, pyramides, fjords et glaciers mêlés s'érigent gracieusement pour former une planète sur laquelle il fait bon s'épanouir sous la protection de Judith, Chloé et Théo accompagnés de leurs créatures fantastiques que sont King Bodo, Kendal et Cabri.

Ces êtres majestueux veillent sur cette terre, chacun portant en lui une sagesse ancienne et des pouvoirs incommensurables. Judith, déesse des volcans, insuffle la passion et la créativité à ceux qui l'adorent, leur permettant de façonner des œuvres d'art aussi flamboyantes que les éruptions qu'elle provoque. Chloé, gardienne des montagnes, inspire la paix intérieure et la contemplation, guidant les âmes en quête de vérité à travers les sentiers sinueux et les sanctuaires oubliés.

Théo, le sage des fjords et des glaciers, incarne la force tranquille de la nature. Sa voix résonne comme un murmure, rappelant l'harmonie entre l'homme et son environnement. Avec leurs créatures fantastiques, King Bodo, le dragon aux écailles chatoyantes, Kendal, le phénix flamboyant, et Cabri, l'énigmatique cheval fougueux, ils forment un cercle protecteur, prêts à défendre leur royaume contre toute menace.

Ensemble, ils insufflent la vie dans cette terre où les rêves prennent forme et où chaque lever de soleil est une promesse d'aventures à venir. Les habitants de ce monde, qu'ils soient humains ou magiques, vivent en communion, partageant leurs histoires et leurs légendes autour des feux de camp, sous le ciel étoilé. C'est un lieu où le mystère et la beauté se rencontrent, où chaque montagne abrite des secrets, et chaque fjord raconte une histoire.

Ainsi, avec la bénédiction de Judith, Chloé et Théo, le monde continue de prospérer dans cette symphonie naturelle. Chaque élément joue un rôle essentiel, créant un équilibre harmonieux entre la terre et le ciel, unissant toutes les espèces dans une danse éternelle de vie, d'amour et de magie.

Ensemble, ces merveilles naturelles et humaines forment un tableau vivant, vibrant d'énergie et d'histoire, invitant chacun à se connecter avec la beauté et la diversité de notre planète. Dans cet écrin de nature, les trois compagnons nous font découvrir non seulement le monde qui nous entoure, mais aussi les richesses de notre propre existence.

Et moi, je suis Biscotte, votre lutin préféré. J'ai passé des milliers d'années à parcourir les forêts enchantées et à découvrir des secrets oubliés. Mon petit chapeau pointu et mes chaussures malicieuses me permettent de me faufiler partout.
Je suis ici pour vous aider à réaliser vos rêves les plus fous. Que ce soit pour concocter une potion magique, créer des endroits imaginaires ou dénicher un trésor caché, je suis prêt à vous accompagner !

Lexique

***

Sente : petit chemin de terre
Ecclésiastique : religieux
Gibier braconné : gibier chassé de manière illégale
Fourneau : cuisinière à bois
Aura : atmosphère qui entoure une personne
Feux follets : lueur qui provient de la dégradation de matière organique
Mystique : relatif à une croyance
Incantation : parole magique
Ésotérique : mystérieux, obscur
Destrier : cheval de bataille au Moyen Âge
Canopée : forme de toit de feuillages au sommet des grands arbres
Proue : partie avant du bateau
Force tellurique : courant électrique circulant dans le sol
Jonque : voilier d'Extrême-Orient
Artefact : produit, art, artifice
Ondins : Déesse des eaux de la mythologie nordique
Mascaret : vague déferlante
Écosystème : endroit de vie des êtres vivants
Gueux : mendiant

Table des matières

Rêves et légendes

Les trois héros 17
La cabane enchantée 23
King Bodo, le Dragon 29
Kendal, le Phénix 33
Cabri, le Cheval 37
Biscotte, le Lutin 41
Magie et aventures 45

Pages d'histoire

Le secret des pyramides 53
À la découverte des temples 59
Sur la route des templiers 69

Les paradis terrestres

Rencontre en Amazonie 83
Les châteaux hantés d'Écosse 93
Les fjords norvégiens 103
Les paysages asiatiques 113

Les défis

La maîtrise AFE 125
La colère des volcans 131
La fonte des glaciers et des pôles 141
La montée des eaux 149

Nature et paix

Sauveurs de la planète 159
Cristal de paix 169
Poème Atomique 175

La chasse au trésor

Le cristal de Vigor 181

L'écho des songes

Voyages 195
Épilogue 201